你的殇情,终成手边繁花

痞子蔡
(蔡智恒) 著

南方出版传媒
花城出版社
中国·广州

图书在版编目（CIP）数据

你的殇情，终成手边繁花 / 痞子蔡著． -- 广州：花城出版社，2021.8
ISBN 978-7-5360-9436-9

Ⅰ．①你… Ⅱ．①痞… Ⅲ．①中篇小说－小说集－中国－当代 Ⅳ．①I247.5

中国版本图书馆CIP数据核字(2021)第135669号

版权合同登记号：图字 19-2020-133 号

本书中文繁体字版本由城邦文化事业股份有限公司麦田出版事业部在台湾出版，今授权广东花城出版社有限公司在中国大陆地区出版其中文简体字版本。该出版权受法律保护，未经书面同意，任何机构与个人不得以任何形式进行复制、转载。
项目合作：锐拓传媒 copyright@rightol.com

出 版 人：肖延兵
责任编辑：揭莉琳
技术编辑：凌春梅
封面设计：姚　敏

书　　名	你的殇情，终成手边繁花	
	NI DE SHANGQING ZHONGCHENG SHOUBIAN FANHUA	
出版发行	花城出版社	
	（广州市环市东路水荫路 11 号）	
经　　销	全国新华书店	
印　　刷	佛山市浩文彩色印刷有限公司	
	（广东省佛山市南海区狮山科技工业园 A 区）	
开　　本	880 毫米 ×1230 毫米　32 开	
印　　张	7.375　1 插页	
字　　数	170,000 字	
版　　次	2021 年 8 月第 1 版　2021 年 8 月第 1 次印刷	
定　　价	49.80 元	

如发现印装质量问题，请直接与印刷厂联系调换。
购书热线：020-37604658　37602954
花城出版社网站：http://www.fcph.com.cn

目录

贞晴
·001·

雨弓
·113·

后记
·228·

心理学上有个很有名的实验，叫作麦格克效应（McGurk Effect）。

这个实验让一高一矮两个学生站在讲台上，高的站前面，矮的隐身在后。老师一声令下，高个子做出"ga-ga"的嘴型但不出声，矮个子大声发出"ba-ba"的声音。结果所有学生都认为自己听到了"da-da"的声音。

如果眼睛看到的嘴型是"ga-ga"，但耳朵接收到的却是"ba-ba"的声音，同时接收到的视觉信息与听觉信息不同时，大脑不会选择舍弃其中一个信息，而是会想办法把这两种互相冲突的信息整合，以做出合理的解释。因此我们就听到"da-da"。

这就是大脑合理化的结果，大脑采用妥协政策，然后经过整合，最后得到一个"合理"的答案。但那个答案却不是事实。

大脑没办法接受不合理的事情，因为"不合理"代表自己跟这件事情有冲突。而发生冲突时，大脑的前扣带回会释放疼痛信号，这是情绪上的痛苦，是意识中的痛觉而不是身体上的疼痛。为了减缓情绪、情感和认知上的痛苦，于是大脑就会合理化遇到的事。

大脑时时刻刻都在将自己的行为合理化，以说服自己是聪明的，做的选择是最好的。这种合理化的需求也会改变记忆，明明是你对不起她，几年后就会变成她对不起你。大脑会替你的错误行为找借口，也会扭曲别人的行为，甚至最后可能变成所有的善都是你，恶都是她。

心理防御机制也有类似自我欺骗的性质，借由歪曲知觉、记忆、动机及思维，以防御自己免于焦虑和痛苦。简单来说，就是一种心理上的自我保护法，保护自己不受伤害。

所以你确定你的记忆是真的吗？你确定你对她的认知和感觉是正确的吗？

*

时序刚过中秋,庭院里两组烤肉架下的炭火正盛,夜风却透着凉意。

这里是林涵贞的家,矮墙围成的宽敞庭院很适合烤肉聊天。
以前的老同事每年一次聚在这里烤肉,日子则不一定。
同事间的情谊不错,即使后来好几个人陆续离开那家公司,也依然维系着这种聚会。
每年在林涵贞的盛情邀约下,总会有八九个人到。
到今天为止,应该十年了吧。

这十年来我每次必到,是除林涵贞外的全勤者。
倒不是我最热情,而是找不到不来的理由。
在那家公司工作时,她是我同事,也是我女友,当然要到;离开公司一年后,她成了前女友,但说好还是要维持朋友关系,所以不来反而怪。

不管是女友时期还是前女友时期,我和她互动的样子都差不多。

她是热情好客的主人,而且公平对待每一个客人。

比方现在庭院里大约十个人,围着两组烤肉架,三三两两坐着聊天。

而她在过去的半个钟头里,移动的轨迹刚好可以顺时针绕成一个圆。

这种聚会总是会喝点酒,其他人每次都带来不同种类的酒。

最后通常有一两个人会醉,不过我从没醉过。

不是因为我酒量好,而是我喝得比较少。

涵贞常说想看我喝醉的样子,但很遗憾总是让她失望。

毕剥一声,有颗牡蛎开了。

涵贞拿夹子夹起那颗牡蛎放在我面前,顺势坐在我身旁。

"谢谢。"我说。

"说什么谢呢。"她拍了一下我肩膀,"小心不要让汁洒出来。"

刚烤好的牡蛎很烫,又要避免壳内蚵汁漏出,我小心翼翼剥开外壳。

但再怎么小心还是洒了一半,我喝完剩下的蚵汁,再吃下蚵肉。

略微生了点,但可以接受这种鲜。

"你老是笨手笨脚。"她指着我裤子被蚵汁溅到的地方。

我低头看了看,卡其色裤子有两三处污渍。

她马上去拿了条干净的湿布,擦拭我裤子上的污渍。

"等一下我帮你剥。"她边擦边说。

我有点尴尬,勉强笑了笑。

"这双鞋怎么还在穿?"她低头看着我的鞋。

这双鞋已经穿了十年多,原本棕色的鞋现在看起来是脏脏的土黄。

两年前鞋底破了,但不知道为什么我却舍不得丢。

反而去鞋店黏个新鞋底就继续穿。

"只要没坏就能穿。"我说,"而且这双鞋不用绑鞋带,很方便。"

她看了我一眼,没再说话。

我注视着炭火上的牡蛎,等待下一声毕剥。

有的牡蛎比较热情,炭火追求没多久,便张开双臂;有的牡蛎很自闭,即使炭火再热、烤的时间再久,依然紧闭着外壳。

直到炭火灭了,硬撬开坚硬的外壳后,只见焦黑的蚵肉。

我想我属于后者,涵贞是前者。

一直到现在,还是很纳闷我和涵贞怎么会成为一对?

就像汉堡和小笼包,很难将这两者联想在一起或搭配在一起。

我没有猛烈追求过她的记忆,她也不是倒贴我。

整段从陌生到成为男女朋友的过程没太多印象,好像只是水到渠成。

我想可能是近水楼台的缘故,同事之间日久生情,最后不小心擦枪走火而成为男女朋友吧。

然而时间点很清楚。

十年前的二月,我进入那间公司时认识她,九月成为男女朋友。
我在公司待了四年后离职,离职后一年我和她分手。
算了算,分手至今差不多五年半。

每当想起我和她曾是男女朋友这件事,总有陌生的不存在感。
这并不意味着我和她的交往过程太平淡;相反的,火花还不少。
各种甜蜜欢笑或争执冲突的记忆应该还在,却莫名地陌生。
好像我坐在观众席里,看着舞台上我和她相处的点滴。
但我明明是当事者,怎么会变成旁观者呢?
舞台上的我和观众席的我,到底哪一个才是真正的我?

又一声毕剥,涵贞又夹了颗牡蛎放在我面前。
这次她帮我剥开牡蛎外壳,过程中她似乎烫了手,惊呼一声。
但还是继续谨慎剥开,然后把那片盛了蚵汁和蚵肉的牡蛎壳递给我。
"再说谢谢我就揍你。"她说。
"你好厉害。"我小心接下,"没洒半滴。"
仰头喝完蚵汁再吃下蚵肉,这颗的口感还是生了点。

她拿夹子逐颗检视烤肉架上的牡蛎,如果壳开了便夹起放在盘子上。
约莫等半分钟,她再用手拿起盘中的牡蛎,剥开外壳。
有蚵肉的那片壳缓缓递给我,另一片壳丢进垃圾袋。
整个过程的动作都非常小心翼翼,仿佛在拆解装了生物武器的核弹,生怕稍有不慎,漏出一滴液体就会立刻造成数万人死亡。

我连续吃了好几颗烤牡蛎，口感依然偏生。

她又从篮子里夹起牡蛎，一颗颗放在烤肉架上，仔细排好。
这些牡蛎排得非常整齐，像排列整齐的军人正要去阅兵。
涵贞那些精雕细琢的动作，对照她的个性，总会形成极大的反差。

"手烫伤了吗？"我问。
"还好。"她说。
她把右手拇指靠近嘴边，轻轻吹口气，微微一笑。

涵贞是个大剌剌的女孩，热情大方，开朗爽直。
她好强，爱面子，个性很倔，脾气也不好，有时会暴冲。
如果跟她争吵一定要先踩刹车，不然冲突会一路往上飙。
这并不表示她是俗称"男人婆"的那种女孩，事实上她很有女人味。
她或许看起来粗枝大叶，甚至有些迷糊，但其实她很温柔细腻。

当你以为她固执暴躁不顾他人感受时，她又会贴心抚慰你的心灵；
当她在人群中放声谈笑时，通常只需一瞥，便能察觉隐藏在人群中，你的细微心情。
她好像能够同时拥有两种互相矛盾的特质，一种显性，另一种隐性。
例如大家都说她豪放，我却觉得她拘谨。豪放是显性，拘谨是隐性。

又例如你可以说她泼辣，但她同时也爱哭、胆小。
泼辣是显性，爱哭胆小则是隐性。

刚进那家公司时，我和她并没有多少交集。
直到有次开会，会后她逐一检视在场男同事的手掌，说要看手相。
轮到我时，我二话不说直接摊开手掌。

"嗯……"她煞有介事端详了半天，"你很花心。"
"就这样？"
"你不信吗？你看你的感情线歪七扭八，而且还有很多支线。"
"一般人都这样吧？"
"你看我的。"她摊开手掌让我看。
她手掌的感情线又直又深，而且几乎没有其他细小的纹路。

"这表示我很专情又痴情。"她很得意。
"搞不好这只代表你是爱情白痴而已。"
"真的吗？"她吓了一跳，"你怎么看出来？"
"我随口说说而已。"
"说说看嘛，为什么是爱情白痴？"她似乎急了。
"会看手相的人是你，不是我吧？"
她愣了愣后干笑两声，伸手拍了一下我肩膀。

"中午一起吃饭。"她说完就转身走了。
咦？一般不是应该先用疑问句：中午要一起吃饭吗？
虽说我们是同事，但毕竟不同部门而且也不熟，交谈只限于打招呼。

她刚刚拍了我肩膀,以及说出一起吃饭,似乎都很自然而且直接。

从此上班的日子我们每天中午都一起吃饭,但不是只有我和她,通常还会有好几个同事。

大家吃午饭时总是聊聊八卦或是抱怨主管,她常是主导话题的人。

她很健谈,讲话也有趣,有她在的场合气氛都很好,不会"干"。

她常会随机点个人说笑,不会让在场的任何人有被晾在一旁的感觉。

我的话不多,但她点到我时,我还是会侃侃而谈。

可能是因为这种午餐聚会,我跟她才会越来越熟稔。

"喂,花心男。"她叫住吃完午饭准备离去的我,"你以前都会把盒饭吃光光,但今天怎么没吃绿色花椰菜?"

她观察力太敏锐了吧,刚刚大家围绕方桌一起吃盒饭时,我跟她之间还有两个同事耶,而且那绿色花椰菜也才一小根。

"喔。"我想了一下,"可能今天胃口比较不好吧。"

"有差那一口吗?"她用叮咛的口吻,"绿色花椰菜对身体很好,要多吃,不可以挑食。"

"好。"

有时吃完午餐准备要继续上班前,我还会找她说说话。
"会痛吗?"我问。

"什么？"她很纳闷。

"当你从天上掉落凡间的时候。"

她愣了愣后便笑了起来，笑容很灿烂。

"这么会甜言蜜语。"她拍拍我肩膀，"你果然花心。"

那个吃完午餐后的短暂空当，是每天的黄金时段。

或许是那阵子我刚跟前一任女朋友分手因而心情低落，但能跟她说说话，听听她的爽朗笑声，看看她的灿烂笑脸，心情就会大好。

"蚵仔好吃吗？"涵贞看着烤肉架上的牡蛎。

"嗯。"我点点头。

"你尽量吃。"她说，"我买了二十斤牡蛎。"

"太多了吧？"我很惊讶。

"不会啦。"她笑了起来，"让你吃个够。"

夜色下她的笑脸依然灿烂，我看了一眼，视线却缓缓转开。

"要知道你喜欢吃什么真的很难。"她说。

"嗯？"

"十年前第一次邀你来烤肉时，问你烤肉时爱吃什么，问了好几次，你只会回答什么都好之类的屁话。直到逼你一定要讲一个答案，你才说蚵仔。"她说，"所以从此我每次都会买牡蛎来烤。"

这个我没什么记忆，但确实每次在这里烤肉时都有牡蛎。

"有次吃咸酥鸡时，也是问了半天你特别爱吃什么，你才说出米血①。所以我每次烤肉也有准备米血。"她说,"待会儿烤给你吃。"

这个我也没记忆,但确实每次也都有烤米血可以吃。

"除了蚵仔和米血,你还喜欢吃什么?"她问。

"什么都好。"

"又是屁话。"

我没变,她也没变,偶尔会说出不太适合气质女孩的话语。

"到底……"她似乎自言自语,"爱吃什么?"

"你在问我吗?"

"没事。"她笑了笑,拿夹子拨了拨炭火。

其实我到底喜欢吃什么,根本一点也不重要。

跟她是男女朋友的那段日子,每次跟她一起吃饭,我都是由她决定。

她想吃什么,我就吃什么,二话不说。

但她每次还是都会先问:"你想吃什么?"

"你想吃什么就什么。"我一定这样回答。

每次每次,一直到分手,都没例外。

要去哪儿玩或要做什么,也是她决定。

晚上去哪儿?她说看电影,那就看电影。

看哪部电影、去哪间戏院、要不要买爆米花进场、爆米花什么

---

① 一种用米和禽畜的血做的特色糕点。——编者注

口味、饮料要可乐或雪碧、大杯或小杯……

都是她说什么就什么。

但我相信如果她说可乐我说雪碧,她一定马上改成雪碧。

"你喜欢就好。"是我最常对她说的话。

而且我不是光嘴巴说说,一直都是这个原则,从没改变。

她常说我很宠她,对她超好,就是因为这样。

但说也奇怪,每当她这么说时,我心头总会涌上一股没来由的心虚。

刚与她成为男女朋友的一年半内,我们几乎没发生过争执。

工作时的相处、放假时出去玩,大小事我都顺着她。

即使她突然有调皮的念头,我都会附和,而且付诸行动。

比方她曾提议翘班,因为她想看大海,想跟海说说话。

于是我们在午休时间离开公司去海边,让她站在沙滩上朝海大喊。

我们在下班前悄悄溜回公司,但还是被发现了,挨了顿骂。

她很喜欢海,我们偶尔一下班就跑去海边坐在沙滩上看夕阳。

她会轻轻打开装耳机的盒子,很温柔地把耳机线慢慢展开,然后把耳机的一端塞进她右耳,另一端她会轻轻塞进我左耳。

我牵着她的手,静静坐在沙滩上看夕阳,一起听她手机里的歌曲。

我们几乎都不说话,只听到隐约的海浪声和耳畔响起的歌声。

时间慢慢流逝,直到天黑我们才起身准备回去。

把耳机线收进盒子里时,她会轻轻缠绕,一圈又一圈,缓慢而规律。

直到耳机安稳地躺在盒子里像是从没被动过一样。

她拿出耳机和收回耳机时,所有的动作都很温柔细心又轻巧。

我喜欢看她手指轻盈灵活的动作,好像手指正在跳芭蕾舞。

平时大剌剌的她,此刻却纤细无比,我很喜欢这种反差。

有次我们并肩坐在沙滩上看夕阳听音乐时,耳畔传来:

"喀喀。花心男,我好喜欢你。很想跟你就这么坐着,一直到老。"

原来是她预先录了这段话做成声音档,然后从耳机播放出来。

我转头看着她,她的脸突然涨红,我微微一笑。

"欠揍吗?"她摘下右耳的耳机大声说,"不可以笑我!"

这也是种反差。

我收起笑容,转身面对她,然后伸出双手环抱着她。

她在我怀里伸出手,把塞在我左耳的耳机轻轻取下。

我们就这么相拥着,静静听着海浪声,直到天黑。

她第一次帮我庆生时,我们一下班便买了个蛋糕,然后开车直奔垦丁。

在四下无人漆黑的海边,她大声唱着生日快乐歌。

她喂我吃蛋糕,还笑说:今晚您是皇上,请容许臣妾喂您。

我们并肩躺在沙滩上,看着满天星斗,聊了一夜。

偶尔她会翻身在我耳边轻声细语,还要我闭上眼睛仔细聆听。

她说些什么我忘了,只记得她吐气如兰,我仿佛躺在天堂的白云上。

天还没亮我们再开车杀回公司上班,一整天工作时都是昏昏沉沉。

我至今仍对那晚星光下她的灿烂笑脸印象深刻。

我喜欢搂她入怀,用鼻尖轻触她的鼻尖,给她一个"爱斯基摩之吻①"。

她总是会露出微笑,这时她的双眼和笑容特别迷人。

"我是爱情白痴,你不可以骗我。"她说。

"如果我骗你呢?"我说,"你会打我吗?"

"不会。"她摇摇头,"我会自认倒霉,躲起来哭。"

显性的她也许会抓狂,然后兴师问罪;但隐性的她,只会偷偷哭泣。

我又给了她一个"爱斯基摩之吻",她又笑了起来。

看着她那极具魅力的笑脸,我常会进入一种不真实的恍惚状态。

我常想为什么她有那么多互相矛盾的显性和隐性特质?

又为什么并不敏锐的我,总能挖掘出她那躲在显性背后的隐性特质?

涵贞在烤肉架上放了一块米血,就一根竹签串着长方形的东西。

她静静烤着,翻了两次面,刷了两下烤肉酱。

"好了。"她握着竹签递给我。

---

① 指鼻尖相碰的方式。——编者注

我点了点头,顺手接过。

咬了一口,是猪血做成的米血,味道还可以。

"好吃吗?"她问。

"嗯。"我点点头。

"要不要再烤熟一点?"

"不用。"我说,"这样刚好。"

如果是这种米血,要烤多久对我而言没差。

有同事分别递给我和她一罐啤酒,打开拉环,我们各喝了一口。

"你都只喝一小口。"她说。

我微微一笑,心想是你喝太大口了吧,但没说出口。

"你这样要喝到什么时候才能醉。"她说。

"为什么你老是想看我喝醉?"我问。

"我想看看你喝醉后,话会不会比较多。"

她说完后露出微笑,但没有劝酒或逼酒的意思。

我并不是很沉默寡言的那种人,只是跟她在一起时不主动表达想法。

她有想法或意见,我会赞同或附和,即使那些想法很古怪。

交往一年半内我偶尔会阐述我的想法甚至反驳她,之后便没了。

勉强形容的话,在交往一年半之后,我像鹦鹉。

她住家里,跟父母还有两个妹妹住在一起。

我以男朋友身份去过她家几次，也跟她妹妹们算熟。

她很重视家人，跟家人的感情非常好，联结也很紧密。

但她除了家人，也很重视朋友，人缘又超好。

她有小学、初中、高中、大学等同学，还有同事，又有因缘际会而结识的各式各样朋友群。

我和她是同事，又住在同一座城市，应该随时随地都可以相聚。

交往一年半内也确实如此。

但一年半后，独处的机会却急遽减少。

通常都是因为她有家人或朋友的活动而无法与我独处。

比方礼拜天跟朋友爬山或是跟我去郊外走走，她会选择朋友。

她的回答总是：因为是男女朋友，所以来日方长。

这些我都知道，也能理解，但总不能十次中，十次都选择朋友吧？

那么下班后去海边坐在沙滩上看夕阳呢？

"这样回家就太晚了。"她说，"我家人已经在吃晚餐了。"

"那你就别在家里吃晚餐。"我说，"我们两个人在外面吃。"

"不要。"她摇摇头，"这样对我家人很不好意思。"

只要我邀约，每次都被"打枪"，没有例外。

被"打枪"的次数多了，我忍不住说："这次应该陪我了吧？"

她听到时脸色会变，然后口气变凶："为什么我不能跟朋友去玩？"

我一再解释，我说的是"程度"的概念，不是 Yes 或 No。

意思是大多数的情况可以跟朋友相约，只要少数或偶尔跟我一起。

但她的回答总是极端:"是不是都不要陪朋友或家人,只能陪你?"

"我没有这个意思……"
"干脆我每天都陪你,这样可以吗?"她加重语气,"可以吗?"
她已经动怒,我如果再讲出任何话语,都是往火上加的油。
一旦陷入这种冲突,都是不欢而散,很僵的气氛会持续好几天。我要再三道歉,也必须花很多时间和心力去化解,才能回复正常。

跟她在一起后的第二个生日刚好是假日,我问她能不能一起庆祝?
她说她和妹妹们要在家里帮我庆生。
我说可不可以只跟她一起庆生?
"妹妹们要帮你庆生,那是她们的好意。"她脸色又变了。
我赶紧解释说我知道,也很感谢,但如果能只跟她庆生会更好。如果不行,那可不可以庆生后留一些时间让我们两人独处?
"妹妹们很高兴要帮你庆生,你如果嫌弃就不要庆生了。"她说。

结果这年的生日,我是在手机收到信息:生日快乐。
从此我就成了鹦鹉,不管她说什么,我都说好。
"明晚要跟几个大学同学聚餐。""好。"(虽然那晚是圣诞夜。)
"星期六要跟家人出去玩。""好。"(虽然那天是西洋情人节。)
"后天跟朋友约好去台北。""好。"(虽然那天是七夕情人节。)
我相信如果她说要跟朋友去北极冰山裸奔,我也会说:好。

之后每年的生日，都是只在手机收到生日快乐信息，直到分手为止。

我也很配合用手机回复信息：谢谢，我很开心。

我是只训练有素的鹦鹉。

总之在一年半之后，我和她相处的时间和空间，绝大部分都在公司。

她的分际很清楚，只要在公司，我和她就只是同事，不会特别亲密。

甚至仔细比较的话，她可能跟其他同事更亲密。

如果我是个爱吃醋的人，可能得常吃几个男同事的醋。

处在这种同事关系的时空中久了，常常会令我错乱。

我和她真的是男女朋友，还是其实只是熟一点的同事？

每个人的心，被爱情、亲情、友情、事业、财富、名声、权势等七情六欲所占据。

也许一般人的爱情，平均占内心的30%，重感情的人可能有50%。

而涵贞，我想爱情应该只占她内心的10%。

最多10%，不会再多了。

涵贞继续烤第二支米血，烤完又递给我。

我吃完这支米血时，发现她已喝完那罐啤酒，然后又开了一罐。

而我手中的啤酒还剩一半。

她瞄了我一眼，我的鹦鹉本能让我马上喝一大口啤酒。

"我一直很想问你,你哪来的勇气?"她问。

"嗯?"

"就你第一次来这里烤肉时……"

"怎么了吗?"

"你哪来的勇气吻我?"她转头看我。

我愣住了,说不出话来。

"说呀。"

"可能是因为我那时刚分手,你又对我很好……"我有点吞吞吐吐。

"乱讲。"她说,"你那时还没分手。"

"啊?"我吓了一大跳,"真的吗?"

"嗯。"她点点头,"你到底哪来的勇气吻我?"

我又说不出话来。

在我的记忆里,确实是因为刚分手,可能内心比较脆弱,面对美丽又待我很好的她,一时情不自禁。

"当时你说我像邬玛·舒曼①……"她问,"是因为这样吗?"

听到"邬玛·舒曼"这个关键字,脑中灵光一闪。

我记起来了。

---

① 又译乌玛·瑟曼,美国女演员,出演过电影《情迷六月花》《低俗小说》等。——编者注

那时我和涵贞走出庭院，走到附近的小公园，深夜里没有人影。

我们聊了很多，聊到她说她的五官中她最讨厌鼻子。

她说鼻子太大了，我说不会啊，很有邬玛·舒曼的感觉。

我一直很迷邬玛·舒曼，虽然邬玛·舒曼的鼻子不算美，甚至有些大，却让整个五官有股冷艳的感觉。

十年前那晚，涵贞微仰起脸，让我细看她是否真像邬玛·舒曼。

昏暗夜色中，她的双眼却明亮无比。

我注视她许久，越看越觉得很像邬玛·舒曼，意乱情迷之下，把她搂进怀里，低头吻了她。

我一直记得吻她时的甜蜜感觉和擂鼓似的心跳。

因为这一吻，我们成了男女朋友。

原来是因为她像邬玛·舒曼，而不是因为我刚分手。

在涵贞之前，我有个女朋友，叫李晴兰。

李晴兰应该很常穿黄色衣服，以至于如果回想起她时，脑海里常莫名其妙浮现一朵黄花。

不过关于李晴兰的记忆已经很模糊了，而且几乎是破碎又零散。

我只确定十年前分手，分手后一个多月，我才跟涵贞成为男女朋友。

可是涵贞刚说我吻她时还没跟李晴兰分手？

涵贞记错了吧？

我好像大二、大三或是大四认识李晴兰？

跟她好像交往四五年、五六年还是六七年？

开始模糊、过程模糊，连结束也模糊。

甚至我开口念出李晴兰这三个字，竟然有好像没这个人的错觉。

李晴兰几乎陌生到从没出现在我的生命中。

在模糊的记忆中相对比较鲜明的，都是不愉快的记忆。

比方我记得因为工作的关系，我和李晴兰得分隔两地。

这让已经习惯待在同一座城市的我们依依不舍。

"我会为你把头发留长，让你可以看到长发女孩。"分别前夕她说。

她一直是短发女孩，跟她交往时我曾无心说出我喜欢长发女孩，没想到她一直记着。

一段时间过后我们再见面，她的头发竟然比以前更短。

我心想或许她忘了，又或许她想暗示什么。

分隔两地的不安，加上她这种"暗示"，我觉得应该不妙了。

之后勉强维系几个月，我们之间就无疾而终了。

那年八月，七夕情人节当天，李晴兰突然请了假坐车到我公司。

"我们以后不要再见面了。"一见到我，她就说。

然后她头也不回转身就走，留下错愕的我。

我只记得这个分手的时间点，但为什么会这样我竟然忘了。

而跟李晴兰分手痛吗？

不知道，我竟然没有因为这段而痛苦过的记忆。

涵贞拿起烤肉网，往烤肉架里加了几块木炭，再把烤肉网放上。

"还没想出答案吗？"她说。

我回过神，愣愣地看着她。

"真的只是因为我像邬玛·舒曼你才吻我？"她问。

"在我眼里，邬玛·舒曼很美……"我一口喝完剩下的啤酒。

说也奇怪，现在看她还真有邬玛·舒曼的神韵，然而我对"她像邬玛·舒曼"这个想法几乎没记忆。

要不是她的提醒，我可能已经忘了我曾说过她像邬玛·舒曼。

我不禁怀疑，会不会我第一次看见涵贞时就觉得她像邬玛·舒曼？

我又看了她一眼，越看越像邬玛·舒曼，但视线却莫名其妙转开。

仿佛潜意识里很怕让我觉得她像邬玛·舒曼。

"……所以当时觉得你很美。"我接下她递过来一罐新的啤酒，"因为是深夜而且四下无人，可能一时冲动又情不自禁才……"

我拉开拉环，喝了一口啤酒。

"我应该道歉吗？"我说。

"要。"她说。

"哦？"我愣了愣。

"你只有当时觉得我很美吗？"

"当然不是，抱歉。"我恍然大悟，"你一直都很美，不管像不像邬玛·舒曼。"

她笑得灿烂，这种笑颜更容易联结邬玛·舒曼，我视线又稍微移开。

"我以为你可能觉得我很开放,甚至觉得我很随便,所以才吻……"

"别乱说。"我打断她,"别人可能认为你豪放,但我认为你拘谨,而且矜持。"

"嗯。"她微微一笑,"一直以来只有你最懂我。"

我想否认,但没开口。

"如果我长得像邬玛·舒曼,会给人什么感觉呢?"她似乎自言自语。

"冷艳。"我说。

"大家都说我热情,只有你会用'冷'这个字来形容我。"她笑了起来。

"你同时拥有热情与冷酷这两种互相矛盾的特质。"我说,"只不过热情是显性,冷酷是隐性。一般人通常会感受到你的显性特质。"

"既然你觉得我冷,那时还敢吻我?"她笑了起来,作势拿把刀,"难道你不怕变成电影《杀死比尔》中的比尔吗?"

"那时不懂事。"我也笑了笑,"要是现在就会怕了。"

我笑容刚停,脑中突然涌上一段惊慌的记忆。

那时吻了她后,瞬间有惨了、完蛋了的惊慌,甚至是恐惧。

咦?我明明是惊慌啊,但为什么一直有甜蜜感觉的记忆?

而且为什么我吻了涵贞后竟然会感到惊慌?

"这辈子只有你最懂我了。"她喝了一大口啤酒后,说。

我没接话,也不敢看着她,拿起啤酒罐仰头也喝了一大口。

最懂你又如何?我们还是很轻易就分手了。

从初吻开始,我和涵贞当了四年半男女朋友。

前面三年半在同一家公司当同事,剩下那一年我离职,她还待着。

虽然这段感情有四年半,但最后那一年,却像篮球比赛的垃圾时间一样,几乎毫无意义。

其实离职应该不是重点,只代表不再是同事而已。

我和涵贞在同一座城市,也还是男女朋友。

然而当同事有个好处,就是如果闹不愉快,她不想理我时,我还是可以在公司里找机会化解,而且还有其他同事当缓冲。

可是如果不当同事呢?

离职后那一年,我们都是靠手机互通信息。

刚开始她偶尔会打我手机,聊聊生活近况,也抱怨工作中的不如意。

"我也想换工作。"她在手机中问,"你觉得好吗?"

"换也好,不换也好。"我回答,"你喜欢就好。"

"我想听你的意见。"

我是鹦鹉,只会附和,不会有意见。

即使有,如果我表达的过程让她误解,那我是自讨苦吃;如果顺利表达完整，那么我建议A，她通常就会选B。

这些过往的经验教训让我不敢开口，选择当只安全的鹦鹉。

因此我来来去去就那一句："你喜欢就好。"

"我知道了。"她最后说，然后挂断手机。

我也知道了。我知道她不高兴了。

之后她就隔比较长的时间再跟我联络，而且只用 Line 传信息。

她也不聊工作了，简单跟我互传个几句就结束。

虽然很想主动约她碰面，但我早已当惯了鹦鹉，完全不敢有作为。

这一年的时间里，我只跟她碰过一次面，就是那年的烤肉聚会。

她依然如大家眼中的她：热情开朗，聚会的气氛一如往常热烈。

而她跟我的互动也没比较热络或冷淡，与她跟别人的互动一样。

离职满一年那天清晨，我刚起床就看到她传来的 Line。

有好几页，手指得滑好几下才看得完。

而在这之前，她大概两个月没传 Line 了。

她说她想了一整夜，才终于打出这些文字。

整篇洋洋洒洒的文字，我只记得一段：

"我们就此分手吧。但分手后还是朋友，以后每年的烤肉聚会你一定还要来哦，可以吗？"

"可以。"我只回传这句，这是当鹦鹉的本能反应。

我以为我跟她早已心知肚明，我们之间应该结束了。

毕竟在同一座城市的男女朋友搞得这么清淡，其实已经尽在不言中。

不过她好强，爱面子，她得先说分手，才能让人觉得是她先不要的。

也许是因为最后那一年垃圾时间的消磨，磨去了许多痛苦和难过，因此我对分手没什么感觉，也不觉得痛，顶多有些感慨而已。

对于刚结束四年半的恋情这件事而言，我很惊讶我的反应如此淡然。

分手至今五年半了，感觉始终淡然。

这世界很不公平，有些情侣要分开，需要很大的外力，没被硬扯开，就自然继续在一起；

但有些情侣却是需要很大的力量才能在一起，没用力在一起，就会自然分开。

我和涵贞属于后者。

有些情侣分手是因为做了什么，但有些情侣分手却是因为没做什么。

我和涵贞还是属于后者。

✽

现场一阵小骚动，原来是有同事带来两瓶金门高粱酒，正准备开喝。

已经喝不少啤酒了，又加上这58度高粱酒，这么混酒喝很容易醉耶。

大家互相举杯致意,虽然是一小杯烈酒,但涵贞还是干了。

我喝了一口,大概就四分之一杯。

"喂。"涵贞瞄着我的酒杯,"干了。"

我只好再一口喝掉剩下的四分之三,有点呛辣。

"你喝酒慢一点,不然容易醉。"我赶紧再补充,"不是要你不喝,只是希望你慢慢喝。"

"你每次劝我,都超级小心翼翼。"她两眼盯着我,然后笑了起来,"你好像很怕说错话惹我生气,你一定吃了不少苦头吧。"

"算是吧。"我苦笑。

"辛苦你了。"她举杯,"来,这杯我敬你。"

"随意就好。"我也举杯,"你别干杯。"

我说错话了,要她别干杯她就会干杯。

我只好也干杯,陪她又喝了一杯高粱酒。

"其实我一直很怀念那晚你吻我的情景。"她说。

我愣了愣,心想她喝醉了吗?

"我也很好奇,那时为什么没有推开你?"她又说。

"为什么?"

"应该是那时的我,就已经很喜欢很喜欢你了。"

"很喜欢"说了两次,她会不会醉了?

"我们完蛋了。"她轻轻叹口气。

"嗯?"

"你忘了吗?"她说,"那时你吻了我,我就说出这句话。"

我之前真的忘了,但现在突然想起她说这句话时梦呓似的呢喃。

"我那时心想,怎么办?你有女朋友,我们怎么可以这样?"

"我那时分手了啊。"

"你真的很卢①!"她大声说,"我刚刚就说了,你那时还没分手!"

我大吃一惊。

十年前的二月我进那家公司,八月与李晴兰分手,

九月第一次来这里烤肉时吻了涵贞因而与她成为男女朋友。

我分手了才吻涵贞啊,怎么会还没分手?

"那年八月我就分手了,而九月才来这里烤肉……"

"你傻了吗?"她打断我,"烤肉是六月的事,在端午节前后。"

"端午节吗?"我张大嘴巴,久久不能合上。

"废话。我妈那时还包了一串素粽给你,要你带回去给你父母吃,因为听说你父母都吃素。"

"这……"

"后来你父母大赞粽子好吃,还问为什么粽子那么香。"她说,"我跟我妈问了答案后,就告诉你:因为加了香椿。"

---

① 台湾地区口语词,指人很顽固,说不通。——编者注

一听到"香椿"，脑中响了声雷，我想起来了。

我确实是在那年六月来这里烤肉，包了香椿的素粽我也吃了一个。

那个素粽真的很香，原本不习惯吃素的我，也觉得超好吃。

那……那……

那么我吻涵贞时，晴兰还是我女朋友啊！

晴兰、晴兰，这个我早已呼唤过千万次的名字。

现在念出这名字，完全是熟悉而且自然。

这名字并不模糊，而是扎实地存在于我的生命中。

原来记错的人是我，我竟然记错了最关键的时间点。

这个错误时间点的记忆，本来像是脑中被构筑的一堵高墙，墙内似乎有很重要的记忆需要保护。

如今这堵高墙突然被推倒，墙内许多记忆纷纷窜出。

正确的记忆回来了，而且伴随一股强烈的疼痛感。

当时吻了涵贞后，我感到一阵惊慌同时还有内疚，那晴兰怎么办？

我竟然做了对不起晴兰的事。

而晴兰最后那句"我们以后不要再见面了"，也深深刺痛了我。

因为我终于想起她那时伤心欲绝的眼神。

跟晴兰分手痛吗？

当然痛，怎么可能不痛？而且是痛彻心扉。

"你还好吗？"涵贞问。

"还好。"勉强说完后，我发觉脸部肌肉有些紧绷。

"对不起。"她说，"让你想起痛苦的往事。"

"那都过去了。"我挤了个微笑。

"告诉你一个秘密。"她说，"那晚你吻我后，我哭了一夜。"

"为什么？"

"因为我相信你一定很痛苦。"

我看着她，她露出很少见的忧伤神色。

涵贞一直很有正义感，爱打抱不平，有古代的侠女风范。

以前在公司时，遇到不公不义的事，她甚至会拍桌怒呛主管。

这样的她，发觉自己成为别人感情的第三者，应该很痛苦吧。

而痛苦的她，竟然只惦记担忧我的痛苦。

"我是爱情白痴。"她说，"我从没想过会成为第三者，我不知道该怎么办，只知道我很喜欢你。"

"这不是你的问题，是我造成的。"

"如果我当时推开你，你又能造成什么？"

我一时语塞，答不出话。

"开始跟你交往时，我一直被罪恶感煎熬。那时很希望你赶快跟别人分手，虽然这个希望也是另一种罪恶感，可是我真的很喜欢你。"她说，"后来你果然分手了，但我的罪恶感却更重。"

她将烤肉架上的米血翻面，然后刷上烤肉酱。

"每当跟你很亲密时，虽然很开心，心里也充满幸福。但同时……"她叹口气，"同时心里也会有一种很厌恶自己的感觉。"

我觉得很愧疚，想开口说抱歉，却开不了口。

"当你还在公司时，我曾经想过跟你分手，但始终下不了决心。"

听她这么说，我微微一惊，这件事我竟然完全不知道。

难道这是她突然很少跟我独处的真正原因？

不过也没差了，毕竟我离职一年后还是分手了。

"即使什么都懂，却还是无法停止自己无怨无悔的付出。"她说，"这大概就是你以前所说的爱情白痴吧。"

说完后，她拿起烤肉架上的米血，递给我。

我得修正计算结果，我跟涵贞的恋情不止四年半，还要从十年前的九月提前到六月，因此再加上三个月，正确答案是四年九个月。

在这四年九个月期间，涵贞能有多少没有罪恶感的日子？

而她的心情又是如何跌宕起伏？

"还好我只有10%，不然我很难撑下去。"她说。

"什么10%？"

"你曾说每个人的心都被爱情、亲情、友情等的'鸟事'占据……"

"我不会用'鸟事'这种字眼。"

"不要插嘴。"她瞪了我一眼。

"好。"

"反正你说爱情大概只占我这颗心的10%。"她指着她的心脏。

"我没特别的意思，你不要介意。"我赶紧解释。

"或许10%太少,能让你得到的或感受到的爱情并不够。"她说,"但那是我全部的爱情。"

"……"

"我把那10%都给了你。"她右手放心口,"全部,毫无保留。"

她坚定的语气直接击中我的心,让我心头一震。
我凝视着这个在我眼里很像邬玛·舒曼的女孩许久……
终于不再逃避视线。

回想起刚认识她不久时,我把她的名字写成涵"真"。
"我不是真假的真。"她看到后纠正,"我是贞烈的贞。"
"一般应该会说贞节或贞操的贞,用贞烈来说明有点怪。"
"我喜欢'烈'这个字。贞烈、浓烈、刚烈、猛烈、壮烈等什么都好,就是要轰轰烈烈。"她笑了起来,"我就是喜欢烈,越烈越好。"

如果情感是种液体,那涵贞的情感大概是勾芡后的浓汤。
我的心也许曾经因为晴兰的缘故而抗拒涵贞,始终紧闭着外壳。
但在涵贞的浓烈情感熬煮下,我这颗自闭的牡蛎,也该打开了。

烤肉架上又一颗牡蛎开了口,涵贞拿夹子准备夹起。
"等一等。"我说。
"不吃了吗?"
"不是。"我说,"再等二十秒。"
"嗯?"

"牡蛎开口后，再烤二十秒，就是我最喜欢的熟度。"

她似乎震了一下，手中的夹子缓缓摇动。

"而米血，我喜欢鸡血做成的，不是猪血。"我说，"而且我喜欢的方式是用炸的或是麻油煮的，不是用烤的。"

她静静看着我，过了一会儿，眼角泛着泪光。

"别哭了。"

"别人又看不到。"她瞄了一下四周，"反正只有你知道我爱哭。"

"可是快焦了。"我说。

她赶紧夹起那颗牡蛎，慌张间掉落，蚵汁洒了出来。急忙剥开牡蛎外壳时，又被烫了手。

"焦了。"她说，顾不得烫到的手。

"这样也不错。"我一口吃下，笑了笑。

"谢谢你告诉我这些。"她说。

"说什么谢呢。"我说。

"我可以说谢谢，你不能说。"

"好。"

"终于可以不必等你喝醉，就可以知道想知道的事了。"

"你想看我喝醉，只是因为想知道我爱吃什么？"

"是呀。"她破涕为笑，"我果然是爱情白痴吧。"

她凝视烤肉架上的牡蛎，当牡蛎开了，她便专注看着手表计时。二十秒到了便夹起，用手指小心翼翼剥开，缓慢而平稳地递给我。

这让我想起她收耳机线时,手指像跳芭蕾舞般的轻盈灵活动作。
"好吃吗?"她问。
"嗯。"我说,"这就是我的最爱。"

每吃一颗蚵仔,我们便重复这样的对话,重复十几次。
直到烤肉架上的牡蛎没了,她眼眶泛红,闪烁着泪光。
最后她笑了,很满足的笑容,再看了我一眼后便起身离开。

我突然有种悲伤的感觉。
或许爱情只占涵贞内心的 10%,但她将全部的 10% 都给了我。
而我,就算我是那种很重感情的人,爱情可以占我内心的 50%;然而在那 50% 中,我又给了她百分之几?

※

大家似乎喝开了,现场气氛跟烤肉架下的炭火一样热。
涵贞到处跟人谈笑,她的笑声总是特别响亮。
我今晚喝多了,应该差不多到了我的酒量上限,脑子有点模糊。
再喝下去就会打破我的不醉纪录。

"那个我无缘的前男友……"涵贞遥指着我,手中拿着高粱酒杯,"干了!"
我无奈举起杯,一口喝下。

应该破极限了,脑中开始天旋地转。

俗话说:猴成人,一万年;人变猴,一瓶酒。

这是在提醒世人酒喝了可能会乱性或失态,要引以为戒。

我倒不会酒后乱性或失态,但仿佛感觉到脑中某些记忆挣脱束缚,逃跑了出来。

朦胧中,我想起跟涵贞之间的最后一年,其实还发生了些什么。

那一年我生日,她问我要不要一起去垦丁庆生。

她说她会推掉跟朋友的活动,单独跟我去垦丁。

我回:没关系。生日年年有,你拒绝朋友会不好意思的。

还有她生日那天,她邀我去她家帮她庆生,但可能人会有点多。

我回:那就不用了,应该不缺我一人。我跟你说声"生日快乐"就好了。

她又说虽然人很多,但她会想办法尽量留点时间跟我独处。

我却再回:不用了。这样你会有压力。

我的大脑好像刻意压抑某些记忆,让我产生错误认知,让我认为跟涵贞结束恋情并不是我的责任,责任在她。

而我只是鹦鹉,只能被动接受,一切都不是我的错。

但某些时候我并不是鹦鹉,我甚至在她努力维系我们的恋情时,泼她冷水。

而晴兰跟我之间也不是"无疾"而终,是因为她发现我交了新女友。

责任和错误都在我，与晴兰无关，她反而是受伤的一方。

晴兰那时把头发剪得更短，不是因为忘了要留长发给我看的承诺，事实上她没忘，她跟我说要先把头发剪短打薄，以后留长才会好看。

晴兰明明这么告诉过我，我却选择遗忘这段记忆并归咎于她，这样才能让我觉得我与晴兰分手是合理的。

我想起麦格克效应，想起大脑合理化所有行为的机制。
我知道大脑是好意，避免我痛苦、自责、否定自己、罪恶感焚身。
它希望我觉得自己是好人，没做错事，所有的选择都是对的。
但涵贞确实会看手相，她没说错，我果然花心。

认识涵贞后，我一直在压抑，压抑着被她吸引的心跳。
心里不断筑起堤防，越筑越高，保护堤防内的我和晴兰。
但涵贞对我的吸引力越来越强，终于在十年前的烤肉夜晚，在邬玛·舒曼神韵的猛然冲击下，堤防瞬间溃决。

大部分的人都希望自己是岳飞，但当考验来临时，通常成了秦桧。
我也是如此。
与晴兰分隔两地时，打从心底觉得我不会变心，只会跟她白头偕老。
没想到认识涵贞后，我却对涵贞动了情，成了脚踏两条船的花心男。

然而大脑修改事件发生时间点的记忆，让我以为是晴兰主动跟我分手在先，而我无力挽回；于是在跟晴兰分手的情伤下，我才会迅速跟涵贞交往。

这是避免让我觉得我犯错了，并合理化我与涵贞的交往。

因为要合理化亲吻涵贞的行为，所以让我认为由于情伤的缘故，需要慰藉的我才会情不自禁，在夜色下吻了涵贞。

然而其实是因为我早已喜欢涵贞，这是火药；

而她那像邬玛·舒曼的神韵，只是被点燃的火；

爆炸后的结果，就是令我意乱情迷吻了她。

为了要说服自己选择涵贞是对的、涵贞是最好的、涵贞才是真爱，所以我对她百依百顺，完全顺着她的意思。

如果涵贞的显性性格我不喜欢，我就会很努力找出她的隐性性格。

比方我不太喜欢涵贞太豪爽的性格，我便努力找出她的拘谨性格。

这一切都是要让我觉得，选择涵贞是很合理的。

而跟晴兰之间的许多记忆，尤其是美好的部分，都被隐藏或修改了。

只留下模糊的记忆，和被修改后的不愉快记忆。

这是避免当我想起晴兰时，会有很深的罪恶感，会痛不欲生，所以让我尽量不要想起晴兰这个人，也改变我对晴兰的认知。

或许大脑知道我吻了涵贞才让这一系列的错误持续发生，于是不想让我承认或相信涵贞像邬玛·舒曼，拒绝这种认知。

一旦看着涵贞却联想到邬玛·舒曼时，便会转移视线。

大脑为了合理化我的行为可以骗我，但心不行。
认知与记忆，是脑；
但爱不爱一个人，是心。

我看着正跟别人谈笑的涵贞，在某个角度下，她真的很像邬玛·舒曼。

然而不管她像不像，现在的我只想冲上前紧紧拥她入怀，给她一个"爱斯基摩之吻"。

即使知道爱上涵贞有很大的因素是因为扭曲了对晴兰的记忆和认知，但我的心脏好像装了爆米花机器，只要看涵贞一眼，便噼噼啪啪作响。

我想起来了。五年半前跟涵贞分手时，我的反应并不淡然。
那阵子只要一躺在床上，满脑子都是涵贞，因此常常失眠。
甚至某天下午上班时，突然感到晕眩而差点昏迷。
我不知道大脑用什么方式化解了我和涵贞分手时的痛苦记忆，但此刻的我，心却清楚感受到痛。
很痛。

第一次跟涵贞去垦丁庆生那晚，我们并肩躺在沙滩上。
"你这辈子快乐的时光，你记得多少？"涵贞问。
"我不会用快乐这个字眼形容我的感受。"我想了一下，"如果一定要用快乐来形容,那么应该很少吧。"

她突然起身转头看着我,正纳闷时她双手抱着我,脸埋在我胸口。

"那我以后一定会让你有很多很多的快乐时光。"她抬起头看着我,"多到你完全数不清你有多快乐。"

我很感动,双手捧起她脸颊,低头给她一个"爱斯基摩之吻"。

"现在就是我的快乐时光。"我说。

"真的吗?"

"嗯。"我点点头,"我以后要认真收集快乐,只要集满七次快乐就可以召唤神龙了。"

"那我要一直给你快乐,让那只神龙常常被你叫出来,把它累死。"

她笑了,星光映照她的笑脸,整个世界都明亮了。

这段记忆或许在五年半前我跟涵贞分手后,被大脑隐藏。

此刻这记忆突然袭来,让我疼痛的内心更痛,快喘不过气了。

我与涵贞之间,到底还有多少珍贵的回忆被改变或遗忘呢?

我又远远看了一眼涵贞,她依然在人群中谈笑。

然后我闭上双眼,捂住双耳,试着不管脑中交错复杂的记忆。

最后用手掌抚摸胸口。

心是炽热的,快速的心跳也让手掌微微发麻。

果然大脑才有麦格克效应,而心并没有。

世间所有的相遇,都是久别重逢。

我和涵贞的相遇也是。

我以后应该不会再来这种烤肉聚会了,因为我不能看见涵贞。

一旦看见她,想拥她入怀却不能的压抑再加上这种心脏的痛觉,一定会把我逼疯吧。

幸好大脑应该会保护我免于痛苦,它会改变我对涵贞的认知,也会歪曲我跟涵贞之间的回忆。

就像之前改变我对晴兰的认知和记忆一样。

它更会想办法给我一个"合理"的答案,让我可以不必再看见涵贞。

然而,这算幸好吗?

❋❋

我应该是醉了没错。

"你还好吗?"涵贞轻拍我脸颊。
涵贞的脸变得朦胧,我无力回答,只能含糊说出:"嗯。"
"对不起……"她似乎很担心,"不该让你喝这么多。"
我无法答话,因为头仿佛正被用力摇晃,脑子里像海,波涛汹涌。

隐约听见涵贞叫了出租车,然后要一个男同事送我回家。
"钥匙他都会放在裤子右边的口袋。"涵贞交代,"你要直接把他送进家门,送到床上躺平。知道吗?"
"知道。"他回答。

"还有他刚刚闭着眼又捂住耳朵,应该很痛苦……"涵贞说。
"可能只是头痛。"他说。
"他的手还摸着胸口耶。"她又说。
"大概想吐吧。"
"想吐会捂着嘴或是摸肚子,摸胸口干吗?"

"难道他想唱歌？"

"唱歌？"涵贞很纳闷。

"他可能想唱王杰的《你是我胸口永远的痛》。"他大声唱出来，"你是我胸口永远的痛，南方天空飘着北方的雪……"

"欠揍吗？"涵贞却笑了出来。

"反正我会处理的，你放心。"他说。

我感觉被推进出租车后座，还听到涵贞说"小心"。

这位男同事说对了一半。

我不是想唱歌，但确实胸口很痛。

一路上胸口始终疼痛，也因为这样，我才有一丝丝清醒。

在半醉半清醒的情况下，恍惚间我好像看到一张蜘蛛网，而且还有只小虫子陷进蜘蛛网中。

然后脑海莫名其妙浮现关于晴兰的一些记忆片段。

这些片段包括影像、声音甚至是气味。

清脆的开锁声音让我暂时离开记忆中的晴兰。

我被搀扶着进了门，走进房间，最后被放在一张柔软的床上。

躺在熟悉的床上，我竟然感觉到海。

我似乎躺在大海上，缓缓漂流。

然后我做了一个梦。

✽✽✽

天空很蓝，浅浅的那种蓝。稀疏的白云片片。
随着海浪的韵律，我周期性地反复上下，清凉的微风吹拂过全身。
在海浪和微风的推送下，我逐渐进入另一个翠绿的世界。
远处有座山，四周是草地，隐约传来众人的谈笑声。
我缓缓落地，站起身。

"太好了。"一个女生的声音。
我转过头，有个短发女孩在我右方三步远，半蹲着身体，凝视草丛。
我走近她身旁，也跟着半蹲，但除了很多草和偶尔点缀的小花，没发现特别之处。

"你看……"她指着草丛某处，"有张蜘蛛网。"
顺着她手指仔细一看，果然有张蜘蛛网，网中好像黏了只小虫。
"这样蜘蛛就不会饿肚子了。"她说。
"可是小虫会被吃掉啊。"我有点惊讶，"一般女生应该会站在小虫那一边吧。"

"不。"她站起身,"我站在饥饿的蜘蛛那一边。"

"可能因为是微不足道的小虫吧,如果那是蝴蝶的幼虫呢?"
"一样。"她笑了笑,"我会站在蜘蛛那一边。"
"如果是美丽的蝴蝶呢?"我继续追问。
"我还是会站在蜘蛛那一边。"她笑了起来,笑声很轻。

这是我第一次看见晴兰时的情景。
一头俏丽的短发,白皙脸蛋上双颊泛红,笑容很清爽。
站在草丛中的她,仿佛是一朵清新脱俗的兰花。

※

我在大学时的联谊活动中认识她,我们念不同学校,但在同一座城市。

联谊结束后,我和她还有好几个同学,相约一起吃晚餐。

餐厅里光线有些暗,同桌那几个同学的脸很模糊,只知道有男有女。

唯有晴兰的脸很清晰,而且用柔焦处理。

"我叫李晴兰。"她说,"不是情感的情,是天气晴朗的晴。"

她一说完,整间餐厅大放光明。

吃完晚餐在路上闲逛时，经过一家咖啡馆，这是我出门必经之处。大三那年我搬离宿舍在外租屋，住处的巷口就是这家咖啡店。我只住一年就搬走了，原来认识她时，我是大三生。

"很羡慕你，这样喝咖啡就很方便了。"晴兰说，"就像我家附近的巷口是一间诊所，所以我看病很方便。"

"这种方便好像……"我不知道要接什么，只觉得怪怪的。

"我曾经半夜走路到那间诊所挂急诊。"她说，"半夜耶！走路耶！谁能有这样的方便？"

我心想这种方便应该没多少人羡慕吧？

一群人要解散各自回家时，我无意间与她四目交接。

"晴兰、阴兰、雨兰、雪兰。"她问，"请问哪一个名字最好听？"

"晴兰。"我笑了。

"谢谢。"她也笑了，然后挥挥手，"Bye-bye。"

擦身而过时，我闻到淡淡的花香，那是兰花吗？

❋

我应该对总是站在蜘蛛那一边的晴兰有好感，也可能莫名其妙被那股淡淡的花香所吸引。

反复考虑几天后，终于鼓起勇气拨了她手机。

"可以一起去看电影吗？"我很紧张。

"好呀。"她完全没犹豫。

"这……"我反而犹豫了，"你不用考虑一下吗？"

"手机话费很贵。"她笑了，"所以不要浪费时间。"

我们去看《杀死比尔》，这是我和她一起看的第一部电影。

从在电影院里等她出现到买票进放映厅，我精神一直处于紧绷状态。

找到座位坐下，灯光暗了下来，心跳依旧快速。

"要开始了。"她转头看着我，微微一笑。

那是非常有亲和力的笑容，我紧绷的精神终于放松，心跳趋于和缓。

电影要开始了，我和晴兰之间也要开始了。

❄

电影一结束，放映厅灯光打亮的瞬间，我们转头互望。

然后同时笑了起来，好像很有默契。

我们一路聊着剧情，走出电影院，漫步在街道。

最后停在路边的小面摊吃夜宵。

"我觉得邬玛·舒曼的鼻子有点大。"她说。
"算是吧。"我说,"但整体五官搭配起来,反而显得冷艳。"
"你好像很喜欢邬玛·舒曼?"她问。
"嗯。"我点点头,"几乎可以说是迷恋。"
"迷恋?"她似乎很吃惊,"这么夸张?"

"如果你问我,要拥有翠玉白菜还是要亲吻邬玛·舒曼,"我笑了笑,"答案很明显是后者。"
她也笑了起来,笑容依旧很有亲和力。

我被晴兰的亲和笑容鼓舞,便时常约她,她从没婉拒过。
她一定是个很好相处的人,跟她在任何一种场合我都很放松。
在她身边我不会紧张,也没有压力,相处就像呼吸一样自然。
我几乎忘了正在追求她,反而有跟她是多年老友的错觉。

快速闪过的许多影像中,场景一直在变,但我们总是在谈笑,逛街、吃饭、看展览、户外踏青等都是。
即使在电影院里我们也会遮住嘴巴,压低声音,偷偷交谈几句。

晴兰永远是短发,她说这样比较清爽,而她喜欢清爽。
她曾经把头发剪得更短,结果走进百货公司女厕时,有个女生一看见她便尖叫着跑走。

她转身让我看她背影,学生时代的她总是牛仔长裤搭配浅色上衣,168厘米身高加上中性穿着、利落短发,背影有几分男孩的味道。

"你有考虑把头发留长吗?"我问。
"我才不要。"她笑了,"这样就不能走进女厕吓人了。"

然而晴兰绝对是女人味十足的女孩,五官也许不算漂亮,但很清秀。
她的言谈举止都很细致,连笑声也是,并带着一丝慵懒。
她身上总有股淡淡的香气,轻轻飘进鼻子,让我神清气爽。
如果电视上举办蒙眼认人大赛,我一定可以借由她身上散发的香气,从一堆人当中轻易认出她。

我偏执地以为,那一定是兰花的香味。

❋

逛拥挤的夜市时,我伸出手牵着晴兰的手。
她停下脚步,低头看着她被牵住的手,再抬头看我。
然后她笑了,我也笑了。

笑容停止后,她突然用力握紧我的手,拉着我在人群中快速穿梭。
我与她十指紧扣,像是被同一副手铐铐着的囚犯,穿过人群奔逃。
直到夜市的尽头,我们才得到特赦,除掉"手铐"大口喘气。

"能不能告诉我……"我喘着气说,"我们为什么要跑?"

"我也不知道。"她也喘着气说,"只是直觉到危险。"

"危险?"

"当我的手被你牵住,感觉好像是小虫被蜘蛛网困住。"

"难道我像蜘蛛吗?"我吃了一惊。

"或许吧。"她笑了,"但你别忘了,我总是站在蜘蛛那一边。"

她双颊泛红,再艳丽的腮红也涂不出这种红。

"其实我不是蜘蛛,而是先知。"我说,"我可以预知未来。"

"真的吗?"她说,"我不信。"

"不信的话,我们来打赌。"我说,"如果我猜对了你未来五分钟内会怎么做,你要给我一个吻。"

"好。"

"你一定不会吻我。"我说。

她愣了愣,然后笑了起来,没有接话。

"我猜对了。"五分钟到了,我说。

她看着我,双颊红通通,像烧热的铁。

我搂她入怀,吻了她,脸上感受到灼热,也许会烫伤。

"我的脸可以煎蛋了。"她摸着脸说。

我抱住她,脸贴着脸,她身上的兰花香气好浓郁,弥漫我的世界。

夜市喧闹不已,人潮川流不息,只有躲在角落的我们始终静止。

"如果你想吻我……"她在我怀里轻声说,"不必绞尽脑汁想'梗'。"

"你不早说。"我微微一笑,"这个先知的'梗',我想了好久。"

"以后不用再想'梗'了,只要……"她顿了顿,"只要你喜欢就好。"

"真的吗?"

"嗯。"她抬起头看着我,"你喜欢就好。"

她这句话瞬间融化了我身体上所有固体的部位。

从此她常说:"你喜欢就好。"

每当听到这句,心里总觉得温暖,和一丝甜蜜。

❉

晴兰的生日是12月31日,很特别的日子,但几乎没人帮她庆生。

"为什么?"我很好奇。

"大部分的同学和朋友那天晚上都要出门跨年呀。"她似乎很无奈,"连我自己也会出门跨年。"

说的也是,年轻人在这晚如果不出门跨年好像会被嘲笑是老头。

我想帮她庆生,又想跟她一起去跨年,正思考该怎么办时,突然想起周星驰电影《食神》里的经典对白:争什么争,把两样掺在一起做濑尿牛丸不就得了，笨蛋！

"今年我们去101大楼那里庆生。"我说。

这年的最后一天正好是101大楼的完工日，也是跨年活动举办日。

跨年倒数时大楼会有灯光秀，而且也会第一次从大楼中施放烟火。

可想而知，101大楼周遭一定涌进数十万人潮。

我们买了个小蛋糕，挤进101大楼附近，果然全是拥挤的人群。

勉强找了个小角落坐在地上，蛋糕上插了根小蜡烛，点燃蜡烛。

在这年的最后两分钟，我对着她唱生日快乐歌。

最后一分钟，她快速闭眼许愿，再睁眼吹熄蜡烛。

"生日快乐。"我说，只剩三十秒。

我们立刻站起身，望着不远处的101大楼。

原本灯火通明的大楼，正随着倒数计时，由下往上逐层熄灭灯光，直到倒数终了。

砰砰声连发，从大楼中射出五彩缤纷的高空烟火，点燃新的一年。

"新年快乐。"我说。

"生日快乐加上新年快乐。"她笑了，"真的很快乐。"

漫天烟火下，我牵着她的手，在拥挤人群中仰头看着璀璨的夜空。

"以后我要用心记下每个快乐时刻。"她用手指在我衣服画了两下,"现在是两个快乐,要记下来。"

"嗯。"我点点头,"你要好好收集快乐。"

"集七个快乐可以召唤神龙吗?"她笑了。

"可以。"我也笑了。

这个新的一年,一开始就生机勃勃,往后一定会有很多快乐时刻。

❈

烟雾渐渐散去,拥挤的人群消失不见,包厢内的音乐声响起。
这年的西洋情人节,我和晴兰到 KTV 唱歌庆祝。
不用跟别人抢麦克风,我们可以一整晚尽情欢唱。

她点了中岛美嘉的《雪の華》,歌名的中文意思是雪花。
我很惊讶她会唱日语歌,印象中她根本不会说日语。
她说这首歌是她的最爱,听久了就会跟着哼唱。
电视荧幕上显示日文歌词,她跟唱了一会儿日语后,突然牵着我的手。
她转头对着我唱,而且改用中文唱,完全不管荧幕上的日文歌词。

> 只要能在你身旁　我就感动得快要哭泣
> 撒娇并不代表软弱　我只是爱你　打从心底爱着你
> 只要有你在　无论怎样的事　都觉得可以克服

我不断祈祷　这样的日子　一定会持续到永远……

"听清楚了吗？"她唱完后说，"如果听不清楚，我再唱给你听。"
"听清楚了。"
"那——"她拖长尾音，"你明白了吗？"
"嗯。"我点点头，"我明白了。"

"情人节快乐。"她说。
"情人节快乐。"我也说。
"再度收集快乐一枚。"她用手指在我衣服画了一下，笑了起来。

※

歌声戛然而止，光线突然变亮，出现烈日当空的大学校园。
毕业时节到了，我和她都要结束学生生涯。
《雪の華》的歌词没能成真，因为相聚的日子无法持续到永远。
分离的日子很快到来，她要去上班，我要去当兵。

她穿上套装，有种"因为工作需要所以只好这样穿"的新鲜气息。
而我刚结束新训，顶着平头准备下部队。
我要上车前，她突然搂住我，越搂越紧，我几乎以为身上穿了束腹。

"好好当兵。"她终于松开手，摸摸我的头。

当兵期间，我一放假就会跨越大半个台湾找她，而且一定都找得到。

"我今天有涂腮红吗？"她说，"答对了就让你亲一下。"

"没涂。"我说。

"答对了。"她微微一笑，将脸颊凑近我。

我在她脸颊上轻轻一啄，享用自然的红。

这应该是送分题，我怀疑她可能从没涂过腮红，也不需要涂。

快速闪过很多影像，都是草绿色军服的我与黄色衣服的晴兰。

场景不断改变，但黄色和绿色的组合始终没变。

"你好厉害。"我说，"每次都刚好穿黄色衣服。"

"这不是巧合。"她说，"这是有意义的。"

"什么意义？"

"我先问你，你知道我最喜欢哪一种兰花吗？"

"不知道。"我摇摇头。

"文心兰。"她说，"你知道这种兰花吗？"

我又摇摇头。

"下次我带文心兰让你看。"她说。

"好。"我说，"但你刚说的意义是？"

"这就是文心兰的颜色。"她拉了拉她的衣袖，"穿上这种颜色的衣服会让我觉得自己像文心兰。"

"原来你是想 cosplay 成兰花。"我笑了笑。

"不只如此。"她摇了摇头。

"还有什么？"

"在你当兵期间，我都会穿这种颜色的衣服来见你。"她说。

"为什么？"

"笨。"她敲一下我的头，"这表示我都没变，还是你的兰花呀。"

我很感动，轻轻拥她入怀。

然而我要当一年八个月的兵，晴兰真的会一直是我的兰花吗？

❋

退伍前一个月，我放假时到晴兰家附近的巷口等她。

远远看到她抱着一盆鲜艳亮丽的花走来，面带微笑。

"这就是文心兰。"她说。

文心兰的花形很特殊，下方的唇瓣特化成一大片，宛如裙子；上方两片花萼像伸长的双臂。

"像不像一个穿着长裙正在跳舞的女生？"她问。

我仔细一看，文心兰看似具有头、手、腰、身、裙，而且栩栩如生。

"很像。"我说。

她说文心兰还有另一个有趣的名字叫跳舞兰，因为文心兰盛开时宛如穿着黄色长裙翩翩起舞的女子。

"这就是我最喜欢的文心兰。"她说。

我注视着依然穿黄色衣服的晴兰与眼前这株跳舞兰，两者影像逐渐重叠，脑海浮现出穿着黄色长裙翩翩起舞的晴兰。

晴兰最喜欢文心兰，而我最喜欢晴兰。

退伍那天，台湾高铁才正式营运没几天，我背着行李坐高铁到台北。

刚离开验票闸门，在川流不息的人群中一眼就发现晴兰。

她穿着黄色连身长裙，我仿佛看见一朵盛开的文心兰。

我突然一阵激动，抛下行李冲上前去紧紧抱住她。

"你就是我最喜欢的文心兰。"我说，"我的兰花。"

她没说话，只是微笑着。兰花的香气扑鼻，我的眼眶却微湿。

※

"兵变"的考验可以通过，未来应该不会太难。

退伍后我和她在同一座城市上班，跟念大学时一样，可以常常相聚。

刚上班的我有些不适应，偶尔会跟她吐苦水。

"对。你主管很'机车'①。"

"没错。同事在'凹'②你。"

"哇,你的工作压力真的很大。"

晴兰总是附和,没用任何安慰或鼓励的言语。

"你好像都在附和我?"我终于察觉不对劲。

"是呀。"她说,"因为我是鹦鹉。"

"鹦鹉?"

"不管你抱怨什么,我都不表达意见,只是附和,这就是鹦鹉呀。"她笑了,"听说在心理学上,这样很有疗愈效果。"

"会吗?"我很疑惑。

"不然你想听:刚开始工作都这样,以后就会变好或是人生是什么?不就比当归还长一点,所以看开就好之类安慰的话吗?"

"嗯……"我想了一下,"好像也不必。"

"来,换你当鹦鹉试试看。"她说,"要附和我哦。"

"好。"

"压力越来越大,我快要变成鸭子啰!"她大叫。

"快要变成鸭子啰!"我也大叫。

"被同事'凹'来'凹'去好惨哦!"

"好惨喔!"

"主管很'机车',很想给他巴下去呀!"

---

①② 台湾地区口语词。前者形容做人做事不上道;后者指强人所难。——编者注

"给他巴下去啊!"
说完后我们同时放声大笑。

"很疗愈吧?"她问。
"超级疗愈。"我说。
"那以后我就是你的鹦鹉。"她笑了。
"好。"我也笑了。
笑声一直回荡着,很清晰,又很遥远。

我相信只要有她这只鹦鹉陪伴,再大的压力应该也会烟消云散吧。

❋

我常去晴兰上班的公司楼下等她下班,再一起吃晚餐。
各式各样小餐馆和路边摊的影像快速掠过,场景虽然不同,但工作一天后能跟她一起轻松吃顿饭的满足感都一样。

"你好像不吃绿色花椰菜?"她看着我刚吃完的空盘上唯一的绿。
"嗯。"我点点头。
"是味道的问题吗?"她很疑惑,"可是你会吃白色花椰菜呀。"

"不是味道的问题,是心理阴影。"我说。

"为什么?"

"小时候吃绿色花椰菜时,看到虫子在蠕动,便有了阴影。"我说,"从此我就不敢吃绿色花椰菜。"

"你干脆把自己当蜘蛛呀。"她笑了,"这样就敢吃虫子了。"

"真的不敢。"我苦笑着,摇摇头。

之后我们一起吃饭时,只要看到我的碗盘里有绿色花椰菜,她会以迅雷不及掩耳的速度,伸出筷子夹到她的碗盘。

这种反射动作,总让我们会心一笑。

❉

我们站在咸酥鸡摊位前,说也奇怪,即使在这么强烈的味道氛围中,我依然能闻到她身上淡淡的兰花香。

"你喜欢吃米血吗?"她问。

"嗯。"我点点头,"但我爱吃的米血是鸡血做的,不是猪血。"

"有差别吗?"

"外观几乎一样。"我说,"但口感差很多。"

小时候母亲煮麻油鸡时,总是会放一块米血。

那米血是将鸡血倒进碗里做成的,外观像是具有厚度的圆形杯垫。

母亲总是把米血留给我,我用一根筷子插起来吃,吃得津津有味。念初中时,家里附近有个咸酥鸡摊位,那里的米血也是鸡血做的。米血炸得香气四溢,吃了口齿留香,我超爱吃的。

"那这块呢?"她用竹签插起一小块米血递给我。

"一定是猪血。"我一口咬下,"其实现在大部分的米血都是猪血,我大概几百年没在咸酥鸡摊遇见鸡血做成的米血了。"

"想念吗?"她问。

"超想念。"

"那我就来想办法让你们重逢吧。"

我看了看她,她似乎正陷入沉思。

※

场景切回住处,手机铃声突然响起,这铃声是晴兰特地帮我设定的,中岛美嘉的《雪の華》歌声。

我按下接听键,晴兰在手机中说了个地点,问我多久可以到。

"二十分钟左右吧。"

"好。"她说,"我等你。"

我搭上捷运,下车后走出捷运站,穿过马路就到了。

"刚炸好的。"晴兰用竹签从纸袋中插起一小块米血送到我嘴边,

"小心烫。"

"这是鸡血啊。"我只咬了一小口,眼睛就发亮。

马上再大口咬下。

"既然这么想念它,就跟它说声'好久不见'吧。"她说。

"好久不见!"我对着米血大喊。

她笑了起来,又插起一小块米血送到我嘴边。

"你怎么找到的?"我问。

"就花死功夫,一家一家问。"她说。

"你找了多久?"

"还好。"她说,"这是第四十七家而已。"

我突然感动得起鸡皮疙瘩,不禁伸出手臂想抱住她。

"先趁热吃米血。"她微笑着推开,"吃完再让你抱。"

这应该是寒冷的冬夜,繁华的街道上车水马龙,人声鼎沸,我和她缩着身体站在街边。

她喂我吃一块块米血,每吃一块,我的心就温暖几分。

终于吃完那包米血,我紧紧抱住她,四周的喧嚣和光线都不见了,整个世界只有我和她。

"你头发这么短……"我抚摸她的头发,"不会冷吗?"

"不会。"她说。

"其实应该给你买顶毛线帽……"

"你是不是喜欢长发女孩?"她打断我,"是不是?"

"这……"我突然结巴,"算是吧。"

她笑了起来,我拼命解释头发长短不重要,她却笑得更大声。

"好吧。"她停止笑,"我开始留长发好了。"

"真的吗?"我眼睛一亮。

"当然是开玩笑的。"她又笑了起来。

她调皮的样子很可爱,我再次搂她入怀,她依然笑个不停。

※

笑声越来越淡,寒冷的天气瞬间回暖,艳阳高照的日子来了。

我们去北海岸玩水,但她说她其实很怕水,根本不敢下水。

"那你还约我来玩水?"我很疑惑。

"男生常说一定要约女孩去玩水,才可以提早发现女人的真面目。"她笑了笑,"所以我得让你看看我的真面目呀。"

"你几乎都是素颜。"我也笑了笑,"你的真面目就这样啊。"

"我今天有涂腮红吗?"

"没涂。"我说。

"你好厉害。"她说,"同事们都以为我有涂腮红,还问我用什么牌子呢。我说我没涂腮红,她们都不相信。"

"唉。"我假装叹口气,"天生丽质真的会让人很困扰。"

她笑了起来，将脸颊凑近我，我轻轻一啄。

"我们不要下水，在沙滩走走，晒晒阳光就好。"我说。
"只要有你在，无论怎样的事，都觉得可以克服。"
"嗯？"
"这是我对你唱过的，《雪の華》的歌词。"她说。
话刚说完，她突然拉着我的手，站起身往海的方向快步前进。

脚踝一碰到水，她立刻停止脚步。
当新的浪又扑向沙滩时，她下意识往后退开两步。
"我会抓着你。"我说，"你不用怕。"
"嗯。"她说，"你不要让我滑倒哦。"
"如果你滑倒，我也会滑倒。"我笑了，"然后陪你一起喊救命。"
"好。"她也笑了。

我牵着她的手，一步一步，缓缓走进海水里。
刚下水时她还很羞怯，偶尔会低声惊叫并用力抓紧我手臂。
但没多久她竟然可以轻松自在玩起水来，而且越玩越开心。
我们已站在水深超过膝盖的海水里，她还想拉我再走到更深的地方。
"原来应该是我怕水才对。"我笑了，"饶了我吧，我不敢。"

她笑了起来，阳光映照她的笑脸，在海水的荡漾下，格外亮丽动人。
我很喜欢阳光下她的笑脸，和她脸颊泛起的那一抹红。

晴兰果然不是情感的情,而是天气晴朗的晴。

※

太阳消失不见,天空一片灰蒙蒙,梅雨季到了。
连续下了好几天雨,晴兰说她快发霉了。

"找一个下雨天,我们说再见……"晴兰在手机那头唱起歌,"不要让太阳看见,我们的情切切意绵绵……"
"怎么突然唱这首歌?"
"很闷呀,一直下雨都没出太阳。"她又接着唱,"多少山盟海誓,爱的诺言,都已化成云烟……"
"别唱了。"我打断她,"我们去看电影。"

走出捷运站,我们共撑一把伞,踏着人行道上的小水洼。
"我们在下雨天,再见……再见……"她又唱了。
"你还没唱完?"我反而笑了。
"下雨天太闷了,如果又要分手,一定会承受不了。"她也笑了,"如果我们要分手,一定要挑个烈日当空的大晴天。"
"不要开这种玩笑。"我说。

看完电影,细雨绵绵不断,我们依然共撑一把伞走向捷运站。

"为什么电影老是出现牧师宣布正式成为夫妻的瞬间,有人闯进礼堂带走新郎或新娘的情节呢?"她问。

"可能这样比较有戏剧张力吧。"

"大家总是歌颂闯进礼堂带走新郎或新娘的人,但有人想过被留在礼堂中那个人的心情吗?"

"嗯……"我想了一下,"确实很少人想过。"

"如果将来某天,有别的女孩想带走你,那么请她不必闯进礼堂。"她说,"我会自己离开礼堂。"

"你今天怎么老说奇怪的话?"

"可能是因为好几天没看到太阳了吧。"她耸耸肩。

我抬起头看着灰蒙蒙的天空,祈祷太阳早日出现。

❉

太阳出来了,而且是盛夏的烈日。

这天是七夕情人节,傍晚我到她公司楼下等她下班。

"情人节快乐。"

一见到她,我便给她一个拇指大小的玻璃瓶。

"这是什么?"她看着瓶内数十颗小圆珠状的东西。

"倒地铃的种子。"我拔开瓶盖的小木塞,轻轻倒出一颗。

倒地铃种子像小圆珠,黑色的外壳上有一个明显的白色心形图案。

"像不像一颗爱心?"我问。

"像。"她笑了,"像极了。"

"在我老家很常见,路边也能看到。"我说,"瓶子里总共九十九颗,每一颗都是爱心的形状。"

"所以是爱你久久的意思啰?"

"呃……"我有点不好意思,"算是吧。"

晴兰将那颗倒地铃种子放在手掌中仔细欣赏,似乎爱不释手。过了一会儿才将它小心翼翼收回玻璃瓶里,再盖上小木塞。

"谢谢。"她说,"我很感动。"

"我只是随手在老家的路边摘了一些而已……"

"你以为理所当然的小事,也许对我而言,是令人感动的事。"她笑了,用手指在我衣服画了一下,"再度收集快乐一枚。"

"今年我没准备礼物。明年的七夕,我一定会给你大大的惊喜。"她牵着我的手,"走吧,今晚我请你吃大餐。"

"吃什么?"我问。

"绿色花椰菜大餐。"

"拜托不要啊……"

我们同时笑了起来,相信此刻天上的牛郎和织女也一定正在笑。

❋

笑声渐渐停歇，隐约传来海浪声，一道长长的海堤出现在眼前。海面上空挂着一轮明月，海堤四周散发阵阵烤肉香气。

这是中秋节夜晚，我第一次带晴兰回老家过节。

我老家在南部滨海的渔村，每年中秋亲朋好友会相约在海堤上烤肉。

晴兰是个很亲切的人，随和又大方，很快便和我的亲友打成一片。

晴兰对烤牡蛎很感兴趣，她吃过蚵仔，但从没看过整颗牡蛎。

我说这里的海边养殖很多牡蛎，我从小就是吃蚵仔长大的。

我烤了几颗牡蛎，她吃得津津有味，很少看见女生这么爱吃烤牡蛎。

"只要牡蛎一开口，就可以吃。"我指着烤肉网上的牡蛎，"不过开口后再烤二十秒，就是我最喜欢的熟度。"

"二十秒吗？"

"嗯。"我点点头，"我个人的偏爱。"

毕剥一声，有颗牡蛎开了。

"一、二、三……"她喊出数字，再加上手势，很像拳击场上的裁判,"……十八、十九、二十!"

"恭喜你获胜。"她将那颗牡蛎夹给我,"奖品是蚵仔一枚。"

我剥开牡蛎,仰头喝完蚵汁再吃下蚵肉,口感真是鲜美。

"你刚刚好像拳击比赛的裁判在读秒。"我笑了笑。

"裁判只要读十秒。"她也笑了笑,"我比较累,要读二十秒。"

"辛苦你了。"

"一、二……"又一颗牡蛎开了,她开始读秒,"……十九、二十!"

她又夹了颗牡蛎给我,我竖起拇指对她比个赞。

海堤上不时传来晴兰的读秒声,让这欢聚的夜晚,气氛更欢乐。那一夜月光皎洁,映照在晴兰的脸上,美得让我联想起嫦娥。我们并肩坐在海堤上赏月,我下意识搂紧她的腰。

"怎么了吗?"她问。

"怕你变成嫦娥,往月亮飞奔。"我说。

"我只是你的兰花而已。"她握着我搂住她腰的手,微微一笑。

她身上的兰花香气依旧浓郁,四周浓烈的烤肉香味也掩盖不住。

❋

月亮被乌云遮蔽,天空变成纯粹的黑,长长的海堤化为缤纷的街道。

一道闪电划过夜空，几秒后响起隆隆雷声。

我和晴兰刚走出一家餐馆正站在骑楼下，她反射似的捂住耳朵。
"你怕打雷吗？"我问。
"小时候超怕。"她似乎心有余悸，"现在好一点，但还是会怕。"

"我跟你说一个凄美的爱情故事。闪电是男生，雷是女生，他们非常相爱。有一天他们突然被乌云拆散，闪电便拼命寻找雷，用尽所有力量发出光芒照亮黑暗，希望找到雷。雷发现闪电在找她，也用尽所有力量大喊：我在这儿！"我说，"所以你听到的雷声，其实是雷在回应闪电时的叫声。"

"这故事是你编的吗？"她愣了愣后，问。
"嗯。"我点点头。
"你把我当五岁小女孩吗？"她笑了。
"给点面子吧。"我也笑了，"我觉得这故事编得不错。"
"好。编得不错。"她说，"那么之后的下雨是怎么回事？"

"闪电和雷那么相爱却被拆散，终于找到彼此，能不激动掉泪吗？"我说，"所以之后所下的雨，是他们因为重逢而掉下的泪水。"
"那如果打雷闪电后没下雨，就表示闪电没找到雷？"她问。
"依故事的逻辑来说，是这样没错。"我说。

我们同时仰望夜空，刚刚有闪电也打雷，但还没下雨。

突然间又一道闪电划过夜空,她立刻把双手圈在嘴边。

正纳闷时,轰隆一声巨响,晴兰同时朝夜空高喊:"我在这儿!"

喊完后晴兰笑得很开心,我偷瞄一下四周,看看有没有路人受惊吓。

还好她时机抓得很准,高喊声被雷声掩盖,似乎没人被吓到。

"喂。"我忍住笑,"你什么时候变得这么白目[①]?"

"这样闪电才能找到雷呀。"她还没停住笑。

哗啦哗啦,下雨了,而且是倾盆大雨。

"我终于找到你了!"我抱住晴兰,大声说。

"呀?"她先是吓了一跳,然后轻声说,"你终于找到我了。"

这次我确定有路人被吓到了,但我不管,我的世界只有晴兰。

"你比我还白目。"她在我怀里笑了。

大雨持续下着,街景变得朦胧,只有我和晴兰相拥的身影始终清晰。

※

大雨不见了,响起救护车欧伊欧伊的鸣笛声,尖锐而刺耳。

[①] 台湾地区口语词,形容搞不清状况,做了蠢事。——编者注

那年年底，父亲因为心肌梗死紧急送医，在医院待了一个礼拜。
虽说出院了，但以后得每天吃药控制，也得定期回医院追踪检查。
老家在偏僻的渔村，距离最近的大医院在台南，车程大约一小时。
我有两个姐姐，但早已远嫁，家里平时只有父母两个人住。
我决定辞掉台北的工作，到台南上班，方便照顾父亲。

"什么时候走？"晴兰问。
"过完农历新年，就去台南上班。"我说。
我们都不再说话，陷入一种诡异的静默。

手机突然响起，铃声是中岛美嘉的《雪の華》歌声。
这是专属晴兰的来电铃声，但她就在身旁啊，我不禁转头看着她。
"无论多么悲伤的事，我都将替你化成微笑。"她跟随铃声唱着。
这铃声我用了一年多，到现在才知道歌词的中文意思。
"以后你在台南，我打你手机时，你就要想起这段歌词。"她说。
"好。"

"其实台湾很小，即使是台北台南，距离也不远。"我试着安慰她。
"嗯。"她说，"距离不远。"
"而且现在又有高铁，见面很方便。"
"嗯。"她说，"见面很方便。"

"你在当鹦鹉吗？"
"对。"她笑了，"这样有好一点吗？"

"有。"我也笑了。

鹦鹉出现,离别的气氛稍稍缓和。

"不过我会担心一件事。"她说。

"什么事?"

"我们第一次看电影时,你不是说你迷恋邬玛·舒曼?"她说,"你在台南时,如果遇到像邬玛·舒曼的女孩呢?"

"那已经是好几年前的事了耶,而且我只是随口说说。"我很惊讶,"你竟然还记得?"

"女孩子的心眼很小的。"她问,"如果遇到,你怎么办?"

"不会啦。"我说,"东方人怎么会像西方人。"

"这可不一定。"她又问,"如果遇到,你怎么办?"

"我就跟她说:我是比尔,来杀我吧。"我笑了。

她也笑了,我一直很喜欢这种干净清爽的笑容。

我想我在台南时,一定会非常想念她的笑容。

"我会为你把头发留长,让你可以看到长发女孩。"她说。

"啊?"我很惊讶,"你不是喜欢清爽吗?这样就……"

"可是你喜欢长发女孩呀。"她笑了。

"我就说说而已,你不要当真。"

"我要为你留长发。"她很坚决,"一定。绝对。"

很少听见她用坚定的口吻,而像这种双重坚定的,更是绝无仅有。

如果失去了你
我要化成星星照耀你
无论是微笑或是被泪水沾湿的夜晚
我都会永远在你身旁

晴兰轻轻唱着。
那夜寒流来袭，台北街头风声呼呼作响。
她的歌声被风吹散，却清晰钻进我耳里。

❋

农历年过后，我换了工作环境，在台南上工。
我是南部人，对台南不陌生，没有生活适应的问题。
我买了辆二手车，如果父亲要到医院复诊，开车到老家接送才方便。

对新工作的第一印象，就是同事间感情不错，很有人情味。
有天在走廊行进时，迎面走来一位女同事，一时看不清她的脸。
"你鞋带松了。"她说。
我低头一看，左脚鞋子的鞋带松了。

我蹲下右脚，右膝轻触地面，双手重新绑紧左脚鞋子的鞋带。

"你在向我求婚吗?"她说。

我吃了一惊,抬起头,与她四目交接,心脏猛然一震。

这种视线角度下,她竟然很像邬玛·舒曼。

"是不是我不答应你就不起来?"她说。

我回过神,赶紧再低头绑好鞋带,站起身。

"新同事?"

"嗯。"我点点头。

她看了看我,微微一笑就走了。

那是很淡的笑容,淡到让我怀疑她有笑吗?

原来这就是我第一次遇见涵贞时的情景。

如果第一眼不算,那么我第二眼看见涵贞时就觉得她像邬玛·舒曼。

在同一家公司上班,要遇见某个同事可能是随时,而且突然。

第二次遇见涵贞,是在厕所门口。我要走进男厕,她从女厕走出。

"你鞋带又松了。"她说。

低头一看,又是左脚鞋子的鞋带,慌忙间蹲下,右膝却直接跪地。

"你又要向我求婚吗?"她笑得很灿烂。

我应该脸红了,匆忙绑紧鞋带便站起身。

两次见到她,她的笑容截然不同,像两个不一样的人。

只有一点没变,就是我都觉得她像邬玛·舒曼。

而且好像都听到咚咚声。

※

第三次看见涵贞,是在公司副总的办公室门外。

副总有洁癖,办公室内一尘不染,而且经常拖地。

同事们常戏称他的办公室是无尘室,因此进去前都会先脱鞋,出来后再把鞋重新穿上。

我刚走出副总办公室,正蹲着右脚绑左脚鞋带时刚好看见她走来。

我吃了一惊,重心不稳,右膝落地,改蹲为跪。

"你真的很有诚意求婚。"她说。

我有点尴尬,绑好左脚鞋带后,改蹲左脚准备绑右脚鞋带时,左膝又落地。

"我快要被你的诚意打动了。"她笑了,笑容依然灿烂。

看着她的笑脸,我又想到邬玛·舒曼,一时之间说不出话,只是发愣。

站直身体,左小腿上曲,左手脱掉左脚鞋子,弯腰把左鞋放在地上;站直身体,右小腿上曲,右手脱掉右脚鞋子,弯腰把右鞋放在地上。

再站直身体,右手轻敲门两下,转动门把开门进去。

她一连串的动作都是优雅而利落。

"你先起来吧。"她才刚进门,探出头来朝左膝还跪着的我笑了笑,"我再考虑考虑。"
我回过神,把右脚鞋带绑好,起身时左脚发麻,脚步有点踉跄。
呆站在副总办公室门口一会儿,正准备离开时,她打开门走出。
"在等我的回复吗?"她笑了。

"你应该去买双没有鞋带的皮鞋。"她穿上鞋,依然优雅而利落,"这样既不用担心鞋带松了,以后进出副总办公室也方便多了。"
"嗯。"我微微点头,"我很纳闷,为什么我在公司走来走去都没人发现我鞋带松了,你却一眼就看出?"

"当你看见一个人的穿着,你最先注意的地方是什么?"她问。
"应该是上半身穿的衣服吧。"
"我不一样。"她说,"对我来说,是鞋子。"
"鞋子?"我很惊讶。

"如果有天我去参加你的告别式,会场摆了一些你的遗物,有眼镜、衣服、裤子、鞋子、皮带、皮夹、帽子、笔、手表、手机等,"她说,"你猜我最先认出什么东西?"
"难道是鞋子?"
"答对了。"她笑了,真的有邬玛·舒曼的神韵。
"很难想象。"我也笑了,"而且告别式这例子有点糟。"
这算是我与她第一次交谈,话题是鞋子。

"你考虑的结果如何?"我说,"我在等你的回复。"
"什么?"她愣了愣。
"你答应了吗?"
"好。"她恍然大悟,笑了起来,笑声非常爽朗,"我答应你。"
"感恩。"我也笑了。

我皮鞋就这一双,穿了好几年,平时没保养或是擦鞋油之类的。
刚买时还散发黑色光泽,现在看起来像深灰色。
鞋带有点长,又松松垮垮的,每次我都随便绑一绑应付了事。
我决定听从她的建议,去买了双不用绑鞋带的棕色皮鞋。
穿这双棕色鞋上班了好几天,没有任何同事发现我穿新鞋。
直到在电梯口遇见她。

"哟,新鞋子噢。"她说,"很适合你。"
"谢谢。"
"可惜以后就不能看到你向我求婚了。"
"你都答应了。"我笑了,"干吗还求?"
"说的也是。"她也笑了。

我低头看了一眼新鞋,那瞬间突然醒悟。
原来我买这双新鞋,并不是为了方便进出副总办公室或不用绑鞋带;而是不想让她看到我时的第一眼,总是那双邋遢的旧鞋。

※

这个像邬玛·舒曼的女子让我每天上班时有所期待。

不是什么了不起的期待,只是期待可以碰巧遇见她,说几句话,看看她的笑脸,听听她的笑声。

我甚至偶尔会刻意经过她的部门,也会在一群同事中偷偷观察她。

涵贞像是一种固体,例如方糖和冰块。

方糖和冰块都是正立方体,外观和大小都差不多,但本质完全不同。

她谈笑时像方糖,让人感受到甜美;而她安静时像冰块,缓缓融化时,会降低心中的浮躁。

后来我和她还有几个同事每天一起吃午饭,这让我的期待成真。

终于可以光明正大跟她说话,听她的爽朗笑声,看她的灿烂笑脸。

她很热情大方,甚至带点豪爽,人很健谈,讲话也有趣。

但她吃饭的模样很羞涩,拿筷子的动作很优雅,扒饭时总是一小口。

而且嘴里有食物时不会开口说话。

"你所说的爱情白痴是什么意思?"吃完午饭后,她问。

"应该是只懂得无怨无悔付出,却不会考虑该不该付出。"
"这样呀……"她想了一下,"那该怎么解决?"
"你每天中午都请我吃饭,就可以解决了。"
"想得美。"她笑了,"我是爱情白痴,又不是白痴。"

"如果是白痴反而比较好,什么都不懂。"我说,"但如果是爱情白痴,即使什么都懂,却还是无法停止自己无怨无悔的付出。"
她似乎陷入沉思,没有回话。

"我只是随便说说而已,你不要当真。"
"可是我觉得你说得很有道理。"她微微一笑,眼神很清澈。
我突然有种感觉,被她喜欢的人应该很幸福。

从此每天吃完午饭后,我和她会习惯性聊一聊。
可能只是说几句话、开开玩笑而已,只有几分钟,也没特定的话题。
但我很喜欢刚吃饱后,以她的笑声为咖啡、以她的笑容为甜点。

每天每天,好像有某种东西,正以我无法察觉的缓慢速度,一点一滴在心里累积。

※

七八个同事围着方桌正在一起吃午饭。

"我现在五十三公斤。"涵贞说,"我要减肥,希望减到五十公斤。"

女生的体重应该是秘密吧?而且在有男生的场合应该不可能会说吧?

"你不相信吗?"她似乎看出我的疑惑,便问我。

"不是。"我说,"我只是在想,五十三公斤的铁和五十三公斤的女人,哪个比较重?"

"这是脑筋急转弯吗?"她说,"当然一样重。"

"不。女人比较重。"我笑了笑,"因为女人会少报体重。"

"欠揍吗?"她笑了起来,"我明天带体重计来,当场量给你看。"

原以为她只是开玩笑,没想到隔天上班时她真的带来电子磅秤。

"出来一下。"她走到我办公桌旁低声说。

我跟着她走出办公室,她把手里抱着的电子磅秤放在地上。

"注意看哦。"她脱下鞋子站上磅秤,"超过五十三的话我随便你。"

数字显示:五十三点三。她的脸瞬间红了。

"四舍五入就是五十三公斤。"我说,"你跟五十三公斤的铁一样重。"

"铁也是四舍五入才变成五十三公斤吗?"

"没错,铁原本是五十三点四,四舍五入后才变成五十三公斤。"

"原来那块铁比我还重呀。"她笑了。

我也笑了起来,她的笑容很有感染力,会让人不由得跟着笑。

"我身高一百六十六厘米……"

"我相信,我绝对相信。"我赶紧说,"你千万不要带身高计来。"

她看了地上的磅秤一眼,又笑了起来。

"其实你身材很瘦,应该要吃胖一点。"我说,"千万不要减肥。"

"我怎么可能很瘦?"她大叫,"我屁股都是肉耶!"

"正常人的屁股都是肉。"我说。

她似乎有点不好意思,露出腼腆的笑。

"上班时不要讨论身高体重。"她忍住笑,"上班要认真。"

"对。"我说,"上班时也不该大呼小叫。"

"我刚刚声音很大吗?"

"嗯。"我点点头,"全公司的人应该都知道你屁股都是肉。"

"完蛋了。"她反而笑了起来,"我没形象了。"

她多虑了,她的形象非常鲜明,起码在我心里是如此。

要下班时,在电梯口碰见她。

"我真的很瘦吗?"她问。

"嗯。"我点点头,"如果你穿上一件披风,就可以飞了。"

"真的可以飞吗？"她笑了。
"可以。"我说，"但不要穿披风来上班，因为公司里禁止飞行。"
"好。"她又笑了，很灿烂的笑容。

电梯门开了，她走进去转身面对我，笑容始终灿烂。
我注视着她的笑容，伴随隐约的咚咚声，身体动也不动。
直到电梯门关上，才想到忘了搭乘电梯。

❄

"你有女朋友吗？"吃午饭时，涵贞突然问。
"有。"我不假思索。

空气似乎凝结了，她脸上原本的微笑瞬间消失，上扬的嘴角也下滑。
她再度拉起嘴角试图微笑，但力不从心，笑容有些僵。
整个过程的时间不到两秒钟。

其他同事起哄说："应该要问有几个女朋友之类的。"取笑声不断。
但我和她完全静止，连筷子也不动了。
我几乎听不见同事们的喧哗声，却有可以听见她呼吸声的错觉。
然后我听到清晰的咚咚声。

从第一次遇见她开始，这段日子以来我常听到咚咚声。

每当看见她、跟她说话甚至只是偷偷观察她时，都会响起这种声音。

这声音浑厚低沉，有时大，有时小；有时重，有时轻；有时急促，有时和缓；有时连绵不绝，有时戛然而止。

有点像电影《大白鲨》的配乐。

我突然惊觉，这是心跳声啊！

此刻我的心跳声是如此激昂与澎湃，像正要发动攻击的战鼓声。

难道不知不觉间，我对她动了心也动了情？

很多人的感情属于细水长流，但有种感情像细火慢炖。

当细火慢炖时，如果不再添加木炭，细火终究会慢慢熄灭。

但如果一直添加，即使每次只是小小的一块木炭，最后还是会熟啊。

我似乎已经持续添加木炭一阵子了，我应该当机立断停止添加。

然而，会不会已经来不及了？

※

晴兰来台南找我，我们大约两个月没见了。

那时 Line 还没出现，所以这期间我们偶尔用手机通话，偶尔互传简讯。

一看到晴兰便发现她的头发变得更短,这让我吓了一跳。
因为我相信她说要把头发留长绝对是认真的,而且一定会做到。
但我不好意思开口问她为什么反而把头发剪得更短,万一她真的忘了要留长发,她应该会很尴尬吧?

我们在一家餐厅吃饭,她问了我在台南生活的种种。
我说一切都没问题,只是父亲这阵子进出医院比较频繁,常需载他到医院复诊,之后送他回家,因此我会较忙。
等过阵子父亲的病情稳定了,我就可以常去台北找她。

我并没有多问她在台北的状况,我知道她一切都没变。
因为她今天的穿着,依然是她最喜欢的文心兰的颜色。

吃完饭我开车送她到高铁站,一路上只是闲聊。
我还说父亲心肌梗死后改吃素,母亲也跟着吃素。
所以我回老家时,也只能吃素,但我不太习惯。
"如果你习惯了吃素,就可以去修行了。"她说。
"如果去修行,或许就能勘破情关吧。"我说。

"勘破情关?"她很纳闷。
"没事。"我笑了笑,"随口说说而已。"
我竟然在跟晴兰对话的过程中,莫名其妙想起涵贞。
这让我心头一紧,有些不知所措。

"你还真能忍,竟然能忍到现在都不问。"她突然说。
"什么?"
"你怎么不问我为什么头发变短了?"她笑了起来。
"不敢问。"我也笑了。

她笑说原本她留了两个多月头发,但发现发型有些乱,发型设计师告诉她如果要留长发,最好先把头发剪短打薄后再留,这样以后头发长了才好看。
"所以我先把头发剪成这样。"她说。
"原来如此。"

"我大概至少要留一年半头发吧。"她说。
"这么久?"我很惊讶。
"是至少哦。"她说,"我原本的头发很短,需要长一点的时间。"
"你喜欢清爽,短发又好看。既然留长发要那么久,不如……"
"我要为你留长发。"她打断我,"一定。绝对。"

到了高铁站,她要下车了。
她身上的兰花香气依旧浓郁,我很舍不得离开这种味道。
"要好好照顾自己哦。"她摸摸我的头。
"嗯。"我点点头,"你也是。"

我突然有股冲动,想告诉晴兰关于涵贞的事。
但始终说不出口。

❈

连续几天的午饭时间,我刻意低调,尽量不说话,只专注眼前饭菜。
即使必须说话,眼睛也尽量不要朝向涵贞。
即使必须对着涵贞说话,眼睛也……
不知道,大概是尽量不要直视。
一切都只能"尽量"。

我只能尽量做到不添加任何木炭,让细火可以慢慢熄灭。

有天午餐后她提个大纸袋叫住我,然后引领我到公司里僻静的角落。
正纳闷时,她从纸袋中拿出像浴巾之类的东西,绑在脖子上。
真的是条大浴巾,但绑在脖子上披在背后就像披风。
"你骗人。"她把双手当翅膀上下摆动,"根本飞不起来。"
我完全愣住,只是呆呆地看着她。

好像有人经过,她迅速脱掉披风,假装若无其事。
"你自己也知道这样很丢脸吧。"我忍不住笑了。
"对。"她也笑了,"好像很丢脸。"
我们都笑了起来,笑声的回音在公司里流窜。

"你会骗人。"笑声停止后她说,"对吧?"
"会飞的事也许算。"我说,"但我有女朋友,这点没骗你。"
她没接话,突然沉默的气氛有些尴尬。

"就这样吧。"她打破沉默,"要认真上班了。"
"嗯。"我说,"既然要上班,那就把仙女的羽衣收好吧。"
"羽衣?"
"你想回天上吗?"我问。
"你在说什么?"她很疑惑。

"如果你想当人,那就收拾好仙女的羽衣。"我指着那条大浴巾,"如果你想回天,那就减到五十公斤,然后穿上它飞回天上。"
"你就喜欢说这些有的没的。"她笑了起来。

"你要回天上,"我问,"还是留在人间?"
"嗯……"她想了一下,"人间。"
"那就不要减肥了。"我说,"而且要赶快把这条浴巾藏好。"
"好。"她又笑了,"但这条叫作羽衣,不是浴巾。"
"对。"我也笑了。

她将浴巾仔细折好,轻轻收入纸袋里。
看着她的灿烂笑脸,我仿佛看到又有一块木炭正投入细火中。

※

"端午节到我家烤肉。"涵贞说,"我还约了好几个同事。"
"端午节是吃粽子吧?"
"想烤肉就烤肉,管它什么节日。"
"端午节我要回老家陪父母。"我试着婉拒,"你们好好烤肉吧。"

"那不要在端午节当天,就提前几天烤肉吧。"她说。
"啊?"
"我妈会包肉粽,我请她包一串给你,你端午节回家时拿给父母。"
"谢谢你的好意。"我说,"但不用了,因为我父母都吃素。"

"真巧。"她说,"其实我妈最拿手的,就是素粽。"
"不会吧?"
"我妈包的素粽超好吃,你父母一定会喜欢。"
"这……"

"来呀,再来呀。"她笑了起来,"还有没有什么婉拒的理由?"
"好像没了。"我苦笑着。
她笑得很灿烂,每当看到她这种灿烂笑容,感觉就会有好几块木炭投入细火中。

"那就说定了。"她说,"端午节前一周的周六晚上来我家烤肉。"

"喔。"我只好应了声。

"如果你没来,我立刻就穿上那件羽衣飞回天上。"她说,"让你从此以后再也看不到我。"

"千万不要!"我竟然脱口而出。

我觉得不该说这句话,而她可能觉得有点尴尬,于是我们同时沉默。

"为什么仙女下凡后的第一件事就是洗澡呢?"她打破沉默。

"你说得对耶。"我想了一下,"好像真是这样。"

"难怪仙女的羽衣看起来也像是浴巾。"她笑了,"这样洗完澡后就可以马上披在身上。"

"很有道理。"我也笑了。

"但是羽衣都会被凡间男子藏起来。"她说。

"没错。"我说。

"所以仙女只能留在人间。"

"嗯。"

她似乎正在思考,而我不想打断,于是我们又沉默了。

"你不用担心。"她又打破沉默,"我会留在人间。"

"谢谢。"

"何况我已经答应你了……"

她微仰起头看着远方,眼神很清澈,喃喃自语。

我先是愣了一下，不懂她答应我什么？随即想起是那个求婚的玩笑。

恍惚间我看到烧红的木炭正在熬煮一锅东西，而我不由自主又添加了几块木炭。

❋

涵贞的家在市郊，有四栋透天厝连在一起，她家是最左边那栋。其他三栋住的都是亲戚，这四栋共享庭院，因此院子很宽敞。庭院里两组烤肉架已摆设好，木炭微红，差不多可以烤了。

同事们进去她家简单寒暄后，准备出门到院子里烤肉。
"你等一下。"她叫住我。
我停下脚步，看着她上楼拿了那天装浴巾的纸袋走下楼。

"这件羽衣给你。"她说，"你把它藏好，不要让我找到。"
我很纳闷，伸手接过纸袋。
"这样你就不用担心我会穿上它飞回天上。"

我注视着她，她原本脸上挂着微笑，渐渐有些窘态和不知所措。
她想逃避我的视线，于是把脸转开。
但动作太大了，往左、往右转开脸时，都超过九十度。

最后甚至把头完全低下，我只能看到她的头顶和后脑。
"哎呀！"她大声说，"就这样啦！你不要再看着我了。"

"既然答应了你，我就会留在人间陪你。"她的脸几乎埋在双腿间，"如果有天你不要我了，你就把它还给我。"
"我会把这件羽衣藏起来，让你永远找不到。"我说。
她缓缓抬起头，但只抬了一半刚接触我的视线，又迅速低下头。
"好。"她轻声说。

看着她乌黑发亮的头发，我联想到木炭，突然一阵惊慌。
遇见她以来，有意无意之间持续添加木炭，那么这种细火慢炖的感情，会不会已经熟了？

"熟了！"院子里有人高喊。

我大惊失色，仿佛心里有座城门的防御工事已经瓦解，而敌军正准备长驱直入。

❋

一阵头痛。
好像是硬要揭开大脑查看遗失记忆时所造成的痛楚。
影像快速掠过，有的清晰，有的模糊，而且交融在一起。

仿佛是天线没调整好的老式电视机画面。

头痛持续着,影像不断晃动,声音很杂乱。
有时是晴兰的来电铃声:无论多么悲伤的事,我都将替你化成微笑。
有时是我与涵贞的谈笑声。
但声音受到干扰,听不到完整的内容。

影像渐渐稳定下来,杂乱的声音也消失,缓缓浮现公司所在的大楼。
烈日当空,万里无云,是个扎扎实实的大晴天。
"听你同事说,你交了新女友?"
晴兰突然出现在眼前,我心脏差点跳出胸腔。

"你可以解释吗?"晴兰问。
我一句话都说不出来,满面羞愧,无地自容。
我低下头,注视着黑底白条纹的大理石地板,纹路让我想到蜘蛛网。
但白色条纹正渐渐变黑。

"你喜欢就好。"她长长叹了口气,"虽然困在蜘蛛网的小虫被蜘蛛吃掉了,但我还是站在蜘蛛那一边。"
我依然说不出话,心想:原来我也是蜘蛛啊。

"果然是个大晴天呀。"她最后说,"我们以后不要再见面了。"

我反射似的抬起头,她正转头而去。
我视线由下而上,她视线由左往右,只交会匆匆一瞥。
但只需一瞥,便足以读取她的伤心欲绝。

明明是个晴朗的天气,我眼前却是一团漆黑。

※

眼前的黑雾缓缓消散,露出一点光亮。
隐约听到同事们说话的声音,还有涵贞的声音。
最终黑雾完全散去,我正坐在方桌前,跟同事们一起吃午饭。

"你又挑食了。"涵贞说,"怎么没吃绿色花椰菜?"
我看着饭盒内只剩下的三根绿色花椰菜,脑海里浮现小时候看见绿色花椰菜里虫子蠕动的画面。
但突然想起我是蜘蛛啊,蜘蛛当然可以吃虫子。
便重新拿起筷子,夹起三根绿色花椰菜都塞进嘴里,大口吃掉。

涵贞有点惊讶,似乎觉得我的动作有点诡异,愣愣地看着我。
"我是比尔,来杀我吧。"我竟然笑了。
她更惊讶了,但只是看着我,不发一语。

"我们翘班吧。"沉默一会儿后,她说。

"翘班？"我吓了一跳。

"嗯。"她说，"我现在很想去看看大海，跟海说说话。"

现在正值盛夏，又是中午时分，海边应该超级无敌热吧？

"好。"我还是说。

我们翘班离开公司，开了半个钟头的车到海边。

太阳很大，天气很热，沙滩上果然没半个人影。

即使是想跳海自杀的人，应该也不会挑这个季节的这个时候到海边。

走到离海浪拍打尽头前三米，她坐了下来，我跟着坐在她身旁。

她看着大海，嘴唇不时一张一合，似乎正在说话，却没听见声音。

"你还好吗？"她转头问。

"应该还好吧。"我叹了口气。

"可是我真的很怕很怕……"她眼角蹿出了泪，滑过脸颊。

"你怎么了？"

"我很怕你难过。"她的眼泪突然倾泻而下，奔流不息。

她蜷缩着身体，双手抱着双脚，膝盖夹着脸，像只胆小受惊的猫。

我第一次看到她这种胆小又害怕的模样，想安慰却不知从何做起。

"没事。"她停止哭泣，抬起头说，"我只是爱哭而已。"

看着她脸上的泪痕，我伸手想抚慰，手却停在半空。

"你不要难过了。"她说，"都是我的错。"

她突然站起身,往大海走去,直到海水淹至膝盖。
"你不是怕水吗?"我在她背后喊,"不要再往前了!"
她转头看着我,似乎没听清楚被海浪声所掩盖的我的叫声。

怕水的是晴兰,这种大太阳的晴朗天气也适合晴兰。
但此刻泡在海水里的是涵贞。
涵贞转头又往前走了几步,海水已经淹至大腿。
"对不起!"她双手圈在嘴边大喊。

"对——不——起——"
她一遍又一遍朝大海高喊,几乎声嘶力竭。
在阳光照射下,她泪流满面,泪光闪烁。

我站起身,也走进海水里,也想用尽所有力气高喊"对不起"。
但我一张口,却始终喊不出"对不起",只有咿呀咿呀的嘶哑声。

❀❀❀❀

"对不起!"我终于喊出声音。

睁开眼,发现自己躺在床上,脸颊两边好像各有一条泪痕。
伸手一摸,还是湿的。
而我浑身瘫软,似乎已用尽所有力气。

很多记忆的碎片,终于因为拼凑起来而还原真相。
原来那时涵贞提议翘班去看看大海,并不是因为突然有调皮的念头,而是在自责的心情下,想跟我或晴兰或全世界说对不起吧。

我也明白晴兰会在那年七夕情人节突然来找我,主要是因为前一年七夕我送给她九十九颗倒地铃种子,所以她想在隔年七夕给我一个大大的惊喜。
只可惜不是惊喜,而是惊吓。

梦里很多影像快速掠过,也有一些影像几乎是定格。
那首《雪の華》歌声,无论是手机铃声或是晴兰唱的,都非常清晰。

甚至现在还可以清楚听到晴兰在我耳边唱：
"无论多么悲伤的事，我都将替你化成微笑。"
晴兰想将我的悲伤化成微笑，我却将她的微笑变为悲伤。

电影《全面启动》里提到，真实世界中的几个小时，可能是梦境中的几天甚至几个月。
梦里我有时似乎保有意识，就像那种所谓的清醒梦；有时只是单纯让梦拉着我走，走到任何场景。
回想整个梦境，虽然时间不是连续的，而是断断续续，但所有片段横跨的时间总共是五年十个月。
原来从初识晴兰算起到跟她分手，大约是六年。

相逢如初见，回首已一生。
我和晴兰在梦中的相逢就是。

在梦里晴兰的笑容和笑声，还有她身上的兰花香气，都是那么真实。
我似乎都很熟悉，却也有像初识时的陌生。
仿佛上辈子明明刻骨铭心经历过，但这辈子却是毫无记忆的茫然。

"我都没变，还是你的兰花呀。"晴兰的声音依稀在耳畔响起。
"你就是我最喜欢的文心兰。我的兰花。"我激动的声音也响起。
曾经的深刻与浓烈，竟然都在大脑合理化的过程中消逝。

以前回想起晴兰时脑海里常莫名其妙浮现一朵黄花，现在终于知道那是文心兰。

那朵盛开时宛如穿着黄色长裙翩翩起舞的女子，花形既特别又好看的文心兰。

我以前打从心底认为晴兰就是一朵清新脱俗的兰花，而她身上淡淡的香气就是兰花香。

从今以后我一定要保有这种认知，不再让大脑改变。

在麦格克效应的实验中，眼睛看到高个子的嘴型"ga-ga"，耳朵接收到的却是矮个子发出的"ba-ba"，于是我们都听到错误的"da-da"。

但如果闭上眼睛，就能听到正确的"ba-ba"。

原来有时为了要认清事实，反而得闭上眼睛。

算了算，十年前六月涵贞成了我女友，而晴兰八月才跟我分手，所以晴兰和涵贞有两个月的重叠期。

但我想不起来那两个月的心情或记忆，几乎一片空白。

我想大脑一定已湮灭证据，就像湮灭命案中最关键的物证。

忘了也好，如果一旦想起那两个月中我与她们两人的互动，我一定会极度憎恶我自己，也会陷入自责的深渊。

如果没有昨晚烤肉时涵贞的说法，我几乎忘了她像邬玛·舒曼这件事。

原来我和涵贞之间应该不算是日久生情，或许也谈不上是一见钟情，但起码第一次遇见她时就觉得她像邬玛·舒曼，而且似乎心动了。

然后感情就像细火慢炖，火虽小但持续添加木炭，终究还是熟了。

大脑不希望我以涵贞像邬玛·舒曼为由对涵贞动心，进而背叛晴兰，因此拒绝这种认知。

大脑总是努力合理化我的行为，而心始终单纯而固执。

虽然涵贞也住进我的心，但或许只被当成客人吧。

大脑认定涵贞必须是真爱，这样我选择涵贞才会合理；而心在已经住着晴兰的状况，与刚进门的涵贞形成拉锯。

即使大脑说服我选择涵贞才合理，可是我的心还没有完全接纳涵贞。

跟涵贞还是男女朋友那段时间，每当我注视着身旁的涵贞时，偶尔突然有一种违和感，甚至是陌生感。

那时心里会出现问号：她是谁？她为什么在这里？我们是一对吗？

而我爱吃的烤牡蛎要多烤二十秒，还有必须是鸡血做成的米血，都埋藏在心的角落里只属于晴兰的空间，不让涵贞触碰。

我这种心情，细腻的涵贞或许感受到了，所以她一直很想知道我到底爱吃什么。

我不知道爱情占我内心的多少百分比，但即使大脑已封印晴兰，我仍然没有百分之百对待涵贞。

晴兰始终在我心里，于是我不知不觉间也当起涵贞的鹦鹉。

而我自以为可以证明对涵贞是真心的"你喜欢就好"这原则，竟然是晴兰留给我的，连"收集快乐"的梗也是。

即使到今天为止，涵贞依然不知道我其实不敢吃绿色花椰菜。

看来我不仅对不起晴兰，我也对不起涵贞。

手机突然响了一声，拿起手机一看，快中午了。

有人传了 Line，是涵贞。

"你还好吗？"

与涵贞分手后，除了每年约烤肉和逢年过节传的祝贺贴图，我们从未用 Line 互传信息。

此时这简单一句"你还好吗？"，让我感慨万千。

"还好。"我回传。

"头会痛吗？"

"不会。"

"那就好。"

我简单传了"谢谢"的贴图表达感谢关心，她回传"欠揍吗"贴图。

"你昨晚有喝醉吗？"我传。

"我也喝醉了。你走后没多久，我就吐了。"

"你以后还是少喝点，喝慢点。"

她传了"Yes，Sir！"的贴图。

我正在想着回传什么贴图时，她又传：

"我想把 Line 的头像换成邬玛·舒曼的相片。你觉得呢？"

"很好，但要用十几年前的邬玛·舒曼相片。现在的邬玛·舒曼老了，而且似乎整形过，已经不像现在的你了。"

"那现在的我像谁？"

"依然像《杀死比尔》中的邬玛·舒曼。"

她传了"微笑"贴图。

我想对话应该结束了，但过了一会儿她又传：

"五十三公斤的铁和五十三公斤的女人，哪个比较重？"

"当然是铁。"

"没错。已经不用四舍五入了，我现在五十一公斤。再减一公斤，穿上羽衣后就可以飞回天上了。"

"其实对我而言，不管有没有那件羽衣，你早已飞回天上了。"

她可能不知道怎么回吧，我也觉得有点尴尬，便再传："五十一公斤真的太瘦了，你应该要努力比五十三公斤的铁还重。"

"嗯。"她马上回。

然后我传了"加油"的贴图，她回传"没问题"的贴图。

Line 的交谈到此结束。

我下了床，在房间里找了半天，终于在衣柜最底层找到那件羽衣。

但它就只是条浴巾，我今晚就要开始拿来用了。

干脆冲个澡吧，不用等到晚上。

我下床去冲澡，冲完澡后拿这条浴巾擦干身体，还蛮好用的。

然后坐在桌子前，拿出笔记本和笔。

我不想再让大脑因为合理化我的行为而改变我的认知与记忆，所以我把梦境里所呈现的和无意间被挑起的正确回忆记录下来，让晴兰与涵贞的真实样貌可以保留下来。

我很努力写下具体的事件，巨细靡遗，尤其是时间点。

写得差不多时，我突然有股冲动想知道晴兰的近况。

打开计算机，用"李晴兰"当关键字，从众多李晴兰 FB 中，找到唯一能代表文心兰的晴兰。

主页的相片是晴兰与一个小女孩在泳池旁展露灿烂的笑脸。
看了其他相片和贴文，才知道那个小女孩是她的五岁女儿。
晴兰还是利落的短发，没想到怕水的晴兰已经可以开心玩水。
或许在那次北海岸玩水后，她就不再怕水了。

"没涂腮红。"凝视相片上的晴兰许久后，我脱口而出。
但已经无法轻啄她脸上自然的红了。

还有一则贴文写道：
女儿原本很怕打雷，但晴兰说了闪电和雷的爱情故事后，女儿从此就不怕打雷了。
晴兰说这故事是一个老朋友告诉她的，没想到对她有用，对女儿也有用。

我成了晴兰口中的"老朋友"，听起来还不错。

这个我当初瞎掰的故事,应该会这么流传下去,成为我和晴兰之间曾经存在过的见证。

我继续看晴兰 FB 的贴文时,总压抑着想留言的冲动。
已经过去了这么多年,留言只是徒增困扰。
留言?

我想起来了,分手后一年多晴兰曾经寄信给我,寄到老家。
那封信我记得一开头好像写:
"让你享受一下在 FB 留言如此方便的年代,还能看见邮票贴在信封上的画面。"

我抓起车钥匙,直接冲下楼。

✻

开车回老家时,一直试着回想那封信的内容,但始终想不起来。
除了开头那段,我只想到她也写:
"我这封信写得很慢,因为我知道你看字不快。"
我不禁笑了出来。

回到老家,几乎把家里翻了一遍,但实在没头绪信会在哪儿。
我猜也许当初看完后就丢了,但还是想找找看。

母亲问我在找什么？我据实以告。

那年中秋节晴兰来老家过节，母亲对她的印象很好，曾以为晴兰将来会是她的儿媳妇。

没想到母亲竟然拿出一张相片。
她说我当初看完信后就放着不管，她把信封中的相片收藏起来。
至于那封信，这么多年过去了，她也不知道在哪儿。

我一看相片就想起来了，这张相片我看过，是长发的晴兰。
相片中的她一头长发，发长几乎到腰，非常飘逸。
拍照的时间是分手后隔年的十二月三十一日，也就是晴兰的生日。
算了算时间，头发起码留了一年八个月。

相片中的背景是101大楼，她应该是去跨年吧。
我仿佛身历其境，耳畔响起那年101大楼射出高空烟火的爆炸声，而我和短发的晴兰正一起仰头看着璀璨的夜空。

相片背后，她留了两段话，上面那段是：

　　我终于明白想为了某个人做些什么的心情，原来就是爱。

我知道这也是《雪の華》的歌词。
当初我离开台北要到台南工作，她只是单纯想为了我把头发留长。

即使后来分手了,她依然说到做到。

下面那段是:

茫茫世事里,我要你记得曾经有个女人为了你而留长发。
然后,也许我就可以转身,把你忘掉。

我心里一阵剧痛。
当初我看到这张相片时,一定也有这种痛觉,所以大脑隐藏了我看过这张相片的记忆。
但心痛的感觉却是依旧。

凝视长发晴兰的相片许久,脑中又浮现一段遗失的记忆。
应该是一月中旬左右,我收到这张相片后没几天。
那天我和涵贞并肩坐在沙滩上看夕阳听音乐时,她突然转身抱住我。
"跨年那晚,你陪我去市政府跨完年后,我只说很想看新年的第一道阳光,你二话不说立刻开四小时的车带我去台东看元旦的日出。"涵贞红着脸低声说,"你很宠我,对我超好,应该真的很爱我吧。"

我想起跨年时晴兰拍了那张留长发的相片,想起晴兰的用心,突然被一股罪恶感的洪流淹没,心里也强烈感受到晴兰的存在。
"也许我……"我叹了口气,"我可能没你想象中那样爱你。"
涵贞听完后身体一震,松开抱住我的双臂。
然后她缓缓取下塞在她右耳的耳机和我左耳的耳机,像是切断我和她之间。

那是我最后一次跟涵贞并肩坐在沙滩上看夕阳听音乐。

之后她跟我独处的机会急遽减少。

以前老是不懂为什么交往一年半后，涵贞突然变得很少跟我独处。

原来这也是我造成的。

与晴兰分手后一年多，突然收到长发晴兰的相片让我有感而发，却在无意间伤了涵贞的心。

昨晚涵贞说她曾想过要跟我分手，也许是因为这缘故吧。

我收好这张相片，想出门看看海。

瞥见原本是棕色但现在像土黄色的鞋，又想起了一些记忆片段。

当初买这双鞋是不想让涵贞看到我时的第一眼，总是邋遢的旧鞋。

跟涵贞还是男女朋友时我几乎天天擦拭这双鞋，分手后就不再擦了。

即使鞋子已经很脏，外形也松垮，甚至连鞋底都破了，我还是选择黏个新鞋底而不是丢弃。

这应该表示我心里依然舍不得涵贞吧。

穿好这双鞋，开车到海边，把车停好，走到海堤上坐下。

想起那年中秋夜，在皎洁月光下，我和晴兰并肩坐在海堤上看海。

我深深吸了一口气，好像可以闻到当时她身上浓郁的兰花香气。

"我很想以后每天跟你这样坐着看海。"晴兰那时说。
"不会嫌无聊吗?"
"不会。"她笑了笑,"幸福就是简单。简单就是幸福。"
"那就一直当我的兰花吧。"我说。
"好。"她说,"直到凋谢为止。"
右手搂住晴兰的腰,她将头靠在我右肩,我被满满的兰花香笼罩。

乌云慢慢聚拢,天色渐渐变暗,随时可能会下雨。
海面上空突然划过闪电,几秒后轰隆一声巨响,我吓了一跳。
"我在这儿!"晴兰的呼喊声隐藏在雷声中。
我下意识站起身,四处寻找晴兰。

雨哗啦哗啦下了,是滂沱大雨,四周一片白蒙蒙。
闪电终于找到雷了,可是我却找不到晴兰的踪影。

我浑身湿漉漉上了车,关好车门,闭目沉思。
和晴兰在一起时,我是A;和涵贞在一起时,我是B。
A和B的样子不一样,而且互相不认识。
然而从今以后,我会是A,还是B?
还是变成A加B的综合体C?
或是变成既不像A也不像B的新个体D?

"天涯海角。"涵贞说。
我睁开眼睛,恍惚间看到涵贞坐在副驾驶座。
那是我待在那家公司的最后一天,下班时涵贞说要陪我。

"去哪儿?"我问。

"你还记得第一次帮你庆生那晚,我们躺在垦丁沙滩上看星星时,我在你耳边说的话吗?"
"你说了很多耶。"
"那你知道最重要的是什么吗?"
"嗯……"我笑了笑,"你说的话都很重要。"

"将来不管你到哪儿,我就跟到哪儿。"涵贞说,"天涯海角都一样。"
"真的吗?"
"真的。"涵贞笑了,"但我不是真假的真,我是贞烈的贞。"
我静静注视着她,心里感受到浓烈的暖意。

她拿出手机,打开定位,开启 Google 地图,将手机凑近嘴边。
"天——涯——海——角。"涵贞一字一字说,发音很清楚。

叮咚一声,位置竟然找到了。
她把手机架在方向盘右前方,固定手机,调好角度让我可以看到。
"走吧。"她笑了。

突然又一声响雷,我仿佛又听到晴兰高喊:"我在这儿!"
但透过车窗玻璃往外看,根本没半个人影。
转过头,涵贞也消失在副驾驶座。
心头一酸,眼泪就滴在方向盘上。

天地茫茫，海风呼号，雨声震耳。

我发动车子，握着方向盘，却不知道要开往何处。

〜 The End 〜

你听过男人、女人和狮子的故事吗？

据说这是发生在中世纪欧洲的故事，有个绝世美女不仅美貌无双而且气质超凡，很多王公贵族与富豪都对她倾心不已，这些男人非富即贵而且相貌皆是英挺帅气。然而美女却很困扰，因为她并不知道自己爱谁，也不知道这些热情的追求者谁真的爱她。

她终于想出一个办法，她在家里放了一只关在铁笼里的狮子，然后召来所有追求者。她拿出手帕丢进铁笼，手帕正好落在狮子面前的地上。

"你们每个人都说爱我，但谁敢走进铁笼里捡起手帕还给我，我才知道谁是真的爱我，我就会嫁给他。"她说。

在场所有男人面面相觑,都露出恐惧的神情。面对凶猛的狮子,谁敢拿性命开玩笑?美女又说了一次同样的话,但男人们双脚还是牢牢钉在地上,动也不动。

突然有个男子快步走近铁笼,打开铁笼跨步迈进。在狮子注视的目光下,他走到狮子面前弯下身捡起手帕,再退步走出,关上铁笼,最后把手帕还给美女。幸运的是,整个过程中狮子除了发出低吼,竟然没有攻击。

在这群人之中,捡手帕的男人不是最富有的,也不是最尊贵的,更不是外表最帅气的。但美女一拿到手帕便很感动,说:"你是真正爱我的男人,我爱你,我要嫁给你。"

男人却只是淡淡一笑,微微向女人点头行礼,然后转身头也不回离开。

☁

农历年末的聚餐,九男三女坐满一大圆桌,桌上尽是佳肴美酒。我们这群人是感情很好的同事,尾牙①前后总会相约一起吃顿饭。席间觥筹交错,大家把酒言欢,气氛很欢乐。

公司算是公设的大型研究机构,部门很多,员工也超过八百人。
每年的尾牙宴总是席开百桌以上,仿佛庙会的大拜拜。
虽然热闹,但除了期待摸彩,好像只是吃一顿流水席而已。
从六年前开始,我们额外再吃一顿尾牙,这顿纯粹是老友间的聚会,可以吃得尽兴,聊个痛快。

我们这群人分属公司的四个部门,原本应该很少有交集,直到六年半前有个跨部门的计划案,由我们十二个人负责执行。
案子的成果很丰硕,不仅得到公司的奖励,我们也建立了革命情感。
结案的日子大约是那年的尾牙,于是一起聚餐当庆功宴兼尾

---

① 尾牙,我国南方沿海地区民间传统节日。年尾十二月十六日叫作"尾牙",这天祭拜地基主和土地公。——编者注

牙宴。

尔后每年尾牙前后都会相约聚餐，餐后还会续摊。

以往聚餐气氛总是热烈，欢笑声不断，桌上的菜肴似乎也跟着沸腾。

今年的气氛依旧热烈，我们之间的情谊并没有因时间流逝而变淡。

不过对我而言，今年有一点必须改变：我的目光会刻意避免朝向某个人，而且不能让其他人察觉我的刻意。

如果以时钟来比喻，我坐在"8"的位置，正对面是"2"。

要避开的她坐在"12"的位置，因此我的视野集中在"1"到"5"之间。

我往右转头可与"6""7"交谈；往左转头可与"9""10"交谈。

但我不能与"11"交谈，因为只要视线对着他，便很难避免接触"12"。

所以"11"算是遭受池鱼之殃，我很抱歉。

在这种彼此都很熟识且互动性非常高的欢乐场合，要让其他人完全察觉不出你竟然刻意避开某人的异样，这需要很深的演戏火候，才能精准而到位，不让人产生一丝怀疑。

这种戏我已经演了六年，经验丰富。

只不过以前不必避开"12"，只要降低与她目光相对时我眼神的温度；还有跟她互动时，必须掌握只是好友好同事的分寸，不能逾越半分。

虽然今年的挑战更艰巨，必须不与她目光接触也不互动，但经过六年的磨炼，我的演技越来越精湛，无懈可击。

我甚至相信我可以拿奥斯卡金像奖。

"小白。"坐在"12"的她说，"我敬你。"

小白不是狗，是坐在"1"位置的女子。

今晚"12"的声音，对我而言几乎都是画外音。

画外音是电影术语，意思是发生在画面之外的声音。

我眼前的画面总是避开"12"，因此她的声音对我而言就是画外音。

她敬酒的声音虽然低而且轻，却让我心头一惊。

她今晚已说了很多话，每当听到这种画外音总让我心跳加速；幸好我的演技精湛，即使心跳加速，也无损于我的冷静表现。

但敬酒不同，依她的习惯，可能会逐一敬酒，那么总会轮到我。

轮到我时该怎么办？

从"1"开始，依顺时针方向，她大约每隔两分钟举一次杯敬酒。

2、3、4、5、6……

我越来越紧张，越提醒自己要演好即将到来的惊险画面。

然而五分钟过去了，她并没举杯敬"7"，而是停在"6"。

十分钟后我开始放松，但她突然举杯敬"11"。

在我纳闷时，两分钟后她又举杯敬"10"。

然后就不再主动举杯找人敬酒了。

我终于明白她跟我一样,今晚也是刻意避开坐在"8"位置的我。

我和她在过去很少有默契,没想到今晚竟然这么有默契。

而同样演了六年戏的她,演技像我一样精湛,甚至更好。

她敬酒时不是唯一避开我,而是拉"7"和"9"下水;敬酒的方向也包含顺时针和逆时针。

这样旁人会觉得正常,即使有人察觉异样,也不会认为她只针对我。

虽然松了一口气,但心里有些失落。

毕竟被她刻意避开,我会难过,也会有点痛。

我和她曾经无话不谈,也曾相知相惜,更曾相约要厮守,怎么会走到这地步?

"扬宏。"坐在"11"位置的人说,"来,干杯。"

我反射似的转头朝向"11",目光也接触坐在"12"的她。

突然一阵恍惚,眼前的画面定格。

"11"高举的玻璃酒杯反射出绚烂光彩,像是彩虹。

但我总是把彩虹叫雨弓。

坐在"12"的她,就是雨弓。

其实冬天不适合回忆,因为如果不小心想起感伤的事,会让你打从心底觉得冷。

但当我目光接触坐在"12"的她时,许多过往的影像片段迅速掠过。

这些影像既模糊又残缺,而且像四倍速播放的影片,也许更快。

曾经以为这些影像已从记忆中消逝,没想到依然扎实地存在。

甚至拉我陷入回忆的漩涡。

她叫龚羽婷,大家理所当然叫她羽婷。

也有人叫她小羽、小婷,甚至有人叫她婷婷。

"但就是没人叫我羽羽。"她说。

听她这么说,我原本要叫她羽羽,但想了一下便作罢。

"为什么作罢?"她问。

"如果叫你羽羽,我就只能叫熊掌了。"

"嗯?"

"因为大家都说'鱼与'熊掌。"我说。

"北七。"她笑说。

北七是白痴的闽南语发音,也是她的口头禅。

她把自己 Line 的名字取为:羽婷不想雨停。

"人家通常叫我羽婷,但我喜欢下雨,偏不希望雨停。"她说。

我觉得这名字太长,在手机上看起来有点碍眼。

几经思考,便在我手机上把她 Line 的名字修改为:雨弓。

我只修改她 Line 的名字,并没有在对话中称呼她雨弓。

直到有次传给她我们之间 Line 对话的截图,她看到了雨弓。

"为什么叫我雨弓?"她传。

"你叫龚羽婷,龚羽倒过来念,就是雨弓。"我回。

"哦。"她又传,"但雨弓是什么?"

"雨弓就是彩虹,英文叫 Rainbow,bow 就是弓。"我回,"可是叫彩虹或 Rainbow 有点俗气,干脆叫你雨弓。"

她传来一张"哇"的贴图。

"我超喜欢雨弓这名字。"她传。

"那我以后就叫你雨弓。"我回。

"但你只可以私下叫我雨弓,不能让别人知道。"

"好。"

"我也绝对不会让任何人知道我还有个名字叫雨弓。"

几天后,她礼尚往来,把我 Line 的名字改为:Redsun。

"愿闻其详。"我传。

"你叫蔡扬宏,扬宏倒过来念,就是红阳。"她回,"红红的太阳,就是Redsun。喜欢吗?"

"喜欢。"

"只有我会私下叫你Redsun,你也不能让别人知道你叫Redsun。"

她似乎疯狂喜欢上这种我唯一叫她、她唯一叫我的"唯一"感。

或许因为"唯一"这东西并不存在于我和她之间,所以在私底下的称呼享受唯一,是非常奢侈的幸福。

"可是太阳和雨弓,会不会冲突?"我传。

"不会,而且雨弓需要太阳。因为雨后阳光一照,才会有雨弓。"

"你说得对。雨弓。"

"谢谢。Redsun。"

从此雨弓和Redsun,在Line的世界中活跃。

我和雨弓是怎么开始的?

用"开始"形容并不恰当,因为我跟她不能也不应该开始。

我只记得几个明确的时间点:

因为跨部门的计划案而相识,因为小蓝而相遇,因为王菲唱《传奇》这首歌而相……

相爱吗?

这字眼对我和她而言太沉重了，无法承受。

我和雨弓是同事，在执行那个跨部门计划案之前，她已经待在公司十年了，而我则是七年。

公司的组织庞大、员工众多，我和她又在不同部门，甚至连工作的大楼都不同栋，因此我并不认识她。

也许之前曾经见过或擦身而过，但我完全没印象。

直到我们十二个人执行那计划后，我才与她相识。

初见雨弓时，感觉她全身散发出不明气场，无法近身三尺之内。

好像是武侠小说中所形容的掌风。

那时是盛夏，她穿了一件黑色的上衣。

纯黑色，没有一丝杂色。

往后我发现不管天气冷或热，她几乎都是穿黑色或暗色的衣服，很少穿白色或浅色、亮色的衣服。

雨弓是漂亮的女人，但我从不用漂亮形容她。

漂亮有明亮、光亮的味道，而她很少让我感觉到"亮"。

如果可以用光谱仪分析每个人的光谱，那么她的光谱是暗色调。

虽然是暗，却有股神秘而低调的气质，对我而言那是一种美。

所以我总说雨弓很美。

或许因为雨弓的光谱是暗色，或许因为我跟她绝对不能在一起，因此每当回忆起跟她独处时的场景，即使通常是阳光洒满全身，脑海里的光线却总像是阴霾天空下的日落时刻。

雨弓是那种脸上有没有笑容会有截然不同样貌的人。她脸部和五官的线条有些锐利，如果没有笑容，会给人冷酷感；但如果她笑了，线条就非常柔和，给人亲近感甚至让人心情变好。

我很喜欢她的笑容，莫名地喜欢。

如果爱上她有罪，那么罪魁祸首也许是她的笑容。

执行跨部门计划案才一个月，便觉得我跟雨弓已非常熟识。

明明才认识一个月，却有多年老友的错觉。

雨弓个性直爽，待人真诚，跟人谈笑时会散发令人想亲近的魅力。

她不笑时，冷若冰霜；展露笑颜时，春暖花开。

跟人谈笑时，更是艳阳高照。

她的同事缘极佳，主管和下属都非常喜欢她。

我们这十二个人的团队，也因为有她，工作的气氛非常融洽。

两个月后我因公去了趟泰国曼谷，那是我自己部门的案子。

回台前一晚，同行的同事不断嚷着一定要去买 NaRaYa 的曼谷包。

NaRaYa 这家店就在饭店附近，走路大约只要十分钟。

我和同事走进 NaRaYa，里面已经一大堆人在抢买曼谷包了。

曼谷包是手提包或肩背包，最大特色就是包身有一个大大的蝴蝶结。

我看价格很便宜，便买了五个曼谷包带回台湾送人。

两个给自己部门较熟识的女生，三个给工作团队中的三个女生。

挑选曼谷包前,脑海会浮现要送的那个女生的样貌。

其他四个女生的包,颜色都是粉色系,加上红色大蝴蝶结,洋溢青春气息,她们应该会喜欢。

只有雨弓的包和大蝴蝶结都是深蓝色,我却觉得非常适合她。

回台湾后,我亲自送给自己部门的两个女生。

工作团队中的三个女生都在别栋工作,我懒得跑一趟,就托人送达。

大约半小时后,我收到雨弓传来的Line:

"北七。你刚好这时候送我包包,害我被误会了。"

"误会什么?"我很疑惑。

"我刚才跟同事开玩笑说我在公司里有暗恋的对象,结果你正好托人送来包包。"她传。

"这跟误会有关?"我回。

"北七吗?人家会以为我暗恋的人是你。"

"这说不通吧,完全没逻辑。"

"就是这样呀,哪里说不通?"

"如果你暗恋我,我不会知道,当然就跟送你包包无关。要说暗恋也应该是我暗恋你才对,因为暗恋你才送你包包啊。"

"有道理耶。"她传。

"本来就是。"我回。

"那我跟她们说,其实是你暗恋我。"

"喂。"

她传了一张哈哈大笑的贴图。

当晚九点左右,雨弓又传来信息,还是跟那个深蓝色曼谷包有关。这是她第一次不在上班时间跟我互传 Line。
我觉得她不仅很喜欢,还有一种莫名的兴奋感。
她噼里啪啦传来一连串信息,我几乎可以想象她手舞足蹈的模样。
"这是我这辈子第一次收到惊喜。"她传。
"没那么夸张吧?"我回。

"我意思是,比方生日时人家送礼物,我早有心理准备:因为生日,人家可能会送礼物。即使礼物再贵重,也没有惊喜。只有这个包,是在毫无心理准备下收到,所以很惊喜。谢谢你,我受宠若惊。"
受宠若惊的人是我吧,我并没有花多少心思和金钱在这个包上。
而且我不是只送她啊。

"我决定了,要将这个包取名为小蓝。而且从明天开始,我就会背着小蓝上班。"她传。
"你还好吧?"我回。
"我很好呀,干吗这么问?"
"感觉你有点走火入魔了。"
"北七。我要跟小蓝说说话了,晚安。"
"晚安。你确定你没事?"
"北七。"

隔天雨弓真的背小蓝，哦不，是深蓝色曼谷包，来上班。

我会知道是因为她跑来我办公室炫耀。

"好看吧？"她问。

初秋时节她穿着黑色长袖衬衫，连扣子都是黑的，左肩背着小蓝。

"非常好看。"我说。

她笑了，虽然她的光谱是暗色，但总闪耀着金属冷光。

"我们要去认真工作了，跟叔叔说再见。"她对着小蓝说。

"你是不是工作压力很大？"

"北七。"她笑了，然后挥挥手离开。

她总共只待了一分钟，应该是专程来让我看她背着小蓝的样子。

这晚雨弓依然在九点左右传信息给我，话题还是小蓝。

"小蓝要我问你，怎么会选她这种冷门颜色的曼谷包送我？"她传。

"说不上来。只是觉得这颜色很适合你的气质。"我回。

"什么气质？"

"高雅。"我传，"请你跟小蓝说，要她好好衬托你的高雅。"

"北七。"她回，"谢谢夸奖。"

从此她保持每晚九点 Line 我的习惯，前几晚主要谈小蓝，但之后渐渐开始聊些她的工作、生活和家庭，最后就是天南地北、天马行空乱聊。

从互相熟识的工作伙伴，进入每晚用 Line 交谈的状态。

这种状态应该算是一种相遇吧。

雨弓和我在 Line 的对话，很像是两人表演的对口相声。

一个是主要叙述故事情节、不断说出笑料的逗哏；另一个是对逗哏的叙述内容表达评论并给予烘托的捧哏。

逗哏是主角，捧哏是配角，一搭一唱，表演对口相声。

而雨弓是逗哏，我是捧哏。

这种每晚九点开始的 Line，从不曾间断，一天也没。

以致某晚已经超过十一点她却没 Line 我时，我竟然怀疑她出事了。

"还醒着吗？"她突然传来信息。

如果隔天要上班，十点半左右我们就会互道晚安；碰到隔天是假日时才会多聊，甚至可能聊到半夜一点。

但现在十一点多了，明天还是上班日。

"嗯。怎么了？"我回。

"我不小心睡着了。"

"哦。"

"没事了。晚安吧。"

"晚安。"

我猜想雨弓可能只是想保持纪录，不希望纪录被打破。

她是个很固执的人，甚至是偏执，而且意志力惊人。

一旦她认定或是想做任何事时，即使天塌下来似乎也改变不了她。

我们这十二个人的工作团队,每星期至少开一次会。

会议室有张大的U形桌,我通常坐在雨弓的正对面,相隔约四米。

自从每晚固定跟她 Line 以后,看见她时便多了点异样的感觉。

我偶尔会偷瞄她,她总是一副严肃而认真的神情,仿佛正准备作战。

不过一旦我们眼神相对时,她总会微笑,笑容甚至有些腼腆。

有次会议很枯燥冗长,我偷瞄到她正低头滑手机。

当她抬起头时,正对着我,然后她笑了笑,拿起手机晃一晃。

我也微微一笑,想转头看会议主席时,她开始眨眼睛,努了努嘴角。

我愣住了。

她张开嘴巴似乎在对我说话但没出声音,低头在手机打字,抬起头用手比了比手机,又低头打字,又抬头用双手用力指着手机,再低头打字……

最后她微微仰起头,右手食指在半空中慢慢画弧线,画了七次。

我突然领悟,把已经调静音的手机拿到面前打开。

"有点无聊。""雨弓呼叫 Redsun。""喂!""起床!"
"看手机!""还不懂吗?""北七。""快看手机啦!"
"阿娘喂,还不懂?""我快疯了。""北七,看手机啦!"

她竟然已经连续传了十几条信息。

"你刚刚比的,是雨弓吗?"我传。

"对。就是雨弓。"她回。

"你果然是雨弓,很会比雨弓。"

"一点默契都没有,害我比了半天。"

"抱歉。我完全没想到你会在开会时 Line 我。"

"北七。不然你以为我在干吗?"

"我以为你中邪了,闽南语叫得猴。"

她突然笑出了声,赶紧掩口假装若无其事,然后转头看着主席。几秒后再把头转回,脸上挂着微笑,低头打字。

"北七。"她传。

她传完后,抬起头对着我,我们同时露出笑容,又同时掩口忍住。

从此在开会中,我会把手机调成震动而非静音,方便跟雨弓 Line。

看着她低头打字,我再低头看她传来的信息,然后抬起头看她。

Line 的文字突然变成她当面跟我说话的声音,这感觉既新鲜又有趣。

一传完信息我们立刻假装若无其事转头朝向主席,几秒后把头转回。

眼神相对时我们会相视而笑,她常把食指贴住嘴唇比出嘘的手势。

冬天到了,每晚九点都会 Line 的纪录依然保持着。

"天冷时,躲在棉被里跟你 Line 的感觉,好像回到小时候躲在棉被里看漫画的快乐时光。"她传。

"你小时候也看漫画？"我回。

"嗯。很喜欢。你呢？"

"我也是。"

"那我们都去泡杯热茶。"她传，"然后来聊漫画。"

与季节相反，天气越冷，Line 里的气氛似乎越热。

我已经习惯每晚九点跟雨弓 Line，也觉得这是再自然不过的事。甚至会期待，认为这是每天生活中最重要的事。

虽然雨弓就是龚羽婷，但我所认识的龚羽婷是个认真勤奋的上班族，五官看起来有些冷，严肃时甚至隐隐觉得有杀气，感觉很难亲近；可是一旦露出笑容，却会让全世界也想跟着笑。

而雨弓则像个对这世界感到新鲜与好奇的小孩，总是欣喜雀跃，不停问东问西，对所有平常大小事物都有浓厚兴趣。

我相信很多人都了解龚羽婷，但只有我可以看到雨弓，了解雨弓。

然而有天下午三点左右，雨弓传了 Line：

"你怎么可以说我浑？"

"我什么时候说你浑？"我一头雾水。

"我不想说了。我现在很生气！"

"到底怎么了？"我还是一头雾水。

但她没再回了。

从那时到下班、下班后回到家，我始终不知道发生了什么事。

原本打算等到九点她 Line 我时再问她，但等到九点半，她还没传来信息,我开始感到慌张。

十点了,我的手机依然安静,我觉得怅然若失。

长久以来的纪录,今晚终于打破了。

我一直呆望着手机,整个人失魂落魄。

手机突然发出声响,我吓了一大跳,心脏差点从口中跳出。

十点半了,雨弓终于传了 Line:

"我气差不多消了。"

我赶紧询问,但她并不想解释。

禁不住我再三恳求,她终于说出原委。

原来跟雨弓同部门的人到我办公室时,刚好听到我说羽婷很浑,回去时就告诉雨弓。

但这是误会,其实是我正在抱怨我部门的同事宇廷很浑。

"哪有那么巧?你骗人。"她传。

"我部门真的有个叫宇廷的男生,你查一下就知道了,这骗不了人。而且在我的部门里,我都称呼你小龚龚,不会叫羽婷。"

"小龚龚听起来很肉麻耶,干吗加个小字?"

"小字一定得加,只叫龚龚的话,就变成太监了。"

她传了一张"哈哈大笑"的贴图。

"以后只要有旁人在,你干脆就叫我小龚龚吧。"她传。

"OK。"我回。

"好了,该说晚安了。从下午气到刚刚,累了。"

"看在我今天生日的分上,你就不要再气了。"

"怎么可能?你不要骗我。"

我从皮夹拿出身份证,用手机拍了张照,传给她。

"生日快乐!"她传。

"谢谢。"我回。

"你想要什么生日礼物?只要我做得到,一定送你。"

"你刚刚说了一句生日快乐,已经足够了。"

她又问了几次,我还是婉谢。

"十一点多了,你该睡觉了。"我传。

"不行。你今天生日,我陪你到十二点。"她回。

然后我们随便聊,没什么特定话题。

"只要你想要什么,我一定送你。你确定不要吗?"她又传。

"有你那句生日快乐就很够了,不需要礼物。"我回。

"你确定吗?要好好把握这难得的机会哦。"

"很确定。谢谢你。"

"那我送你一首歌,代表我的心意。"

"好。"

可是等了几分钟,她都没动静,离十二点只剩五分钟了。

正准备询问时,她传来一个 Youtube 网址。

我点开一看,是王菲在二〇一〇年央视春晚演唱《传奇》的影片。

只是因为在人群中多看了你一眼

再也没能忘掉你容颜

梦想着偶然能有一天再相见

从此我开始孤单思念

想你时你在天边

想你时你在眼前

想你时你在脑海

想你时你在心田

耳朵听着王菲梦幻似的歌声，眼睛看着歌词。

整个脸颊和耳根发烫，心跳直接破表，浑身颤抖。

我仿佛被抽离了地面，在空中飘浮。

长久以来，我和雨弓每晚蓄积一点一滴的情感，此刻如核弹爆发，瞬间燎原。

《传奇》的长度刚好四分钟，播完后离十二点只剩一分钟。

我得回应她，可是该回应她什么？

双脚依然感觉不到地面，而手指竟然还在颤抖，根本无法打字。

那是我人生中最漫长的一分钟，但即使如此漫长，也无法消化那股迎面倾泻而来令人猝不及防的澎湃情感。

手机和我都是静止的，我相信在那端的雨弓也静止。

直到十二点十分，我才勉强落地，手指恢复控制，便打了字：

"很好听。"

"嗯。然后呢？"她回。

"我不知道然后。"我叹了口气。
我可以感觉她仿佛也叹了口气。

"晚安吧。"她传。
"其实刚刚那首歌,我也应该送你。"我回。
"真的吗?"
"真的。"
"那我们该怎么办?"
"我也不知道该怎么办。"
"唉。晚安吧。"这次她真的叹气了。

这应该是我和雨弓相爱的时间点。
在这个时间点,我和雨弓都是四十岁。
我之前谈过两次恋爱,但没结过婚,打击率零。
她之前只谈过一次恋爱,却结婚了,打击率百分之百;而且还有打点:一个五岁女儿。

所以相爱对我和雨弓而言太沉重了,是无法承受的字眼。

"喂。"坐在"11"位置的人说,"我都干了,你怎么还没喝?"

我回过神,右手还举着杯,赶紧一口喝下。

雨弓正转头与坐在"1"位置的小白谈笑。

这一刻的演技较量,我屈居下风。

雨弓巧妙回避了我,但我在面对"11"时眼角余光却不得不瞥见她。

而且我显得慌张,也差点出糗。

冬天果然不适合回忆。

即使那年冬天《传奇》的余音依然轻易加速我的心跳,但回忆中的那时越热,此刻心里越觉得冷。

我下意识缩着身子,抵抗寒冷。

"出来透透气吧。"坐在"9"位置的人拉了拉我衣袖。

我站起身,跟着几个人走出包厢,来到一个小阳台。

同桌的几个男生走来这里抽烟,但我不抽烟,所以对他们而言是透透气,对我而言则是吸二手烟。

阳台是个好地方，可以乘凉，可以眺望，也可以谈心。
我和雨弓最常去的地方就是阳台。

记得雨弓送我《传奇》的隔天，我上班时浑浑噩噩，耳畔不断响起王菲唱《传奇》的歌声，持续一整天。
下班回家后开始等待，并期待时间可以快速跑到九点。
但时间却缓缓流逝，直到十二点手机都没发出声响，纪录终于破了。
每晚九点都会 Line 的纪录停留在七十天。

原本应该只是好朋友好伙伴间的聊天谈心，怎么会变成互诉衷曲呢？
也许我和雨弓早就越线却不自觉，反而越走越远。
就像两个好友边走边聊，聊得开心而忘我，完全没注意到路旁警语。
一旦停下脚步，赫然发现已经深入禁地，而且被困住。

虽然纪录已破，但我并不惆怅，反而很释怀。
我猜想雨弓只是想停下脚步，然后思考如何回到原来的路。
毕竟她结婚了，而且还有个五岁女儿。
然而，我和她还能回到原来的路吗？

回想过去七十个晚上的 Line 交谈，雨弓曾说过她唯一的恋爱经验。
她和他是大学同学，大三时成为班对，然后稳定交往十年。

交往十年后结婚，结婚到现在也是十年。

"就这样？"我传。

"对，就这样。因为是同班同学，自然而然就在一起，没什么谈恋爱的感觉。而稳定在一起久了，没风波也没波折，理所当然就结婚。过去二十年没什么高低起伏，就是这么平直。"她回。

"平直很好啊，算是一种幸福。"我传。

"也许吧。对关在笼子里的动物而言，生活也很平直。"她回。

"请问你在感慨吗？"

"算是吧。如果恋爱中少了苦痛、阻碍、烦恼、难过、惊慌，甚至少了眼泪，应该会是缺憾吧。"

我有点愣住，不知道该怎么回应。

"你谈过几次恋爱？"她传。

"两次。"我回。

第一次是大学时代，交往两年后毕业，毕业后分隔南北。

渐渐地，彼此联络的间隔时间越拉越长，最后时间趋近无限大。

"我记得上次跟她通话时，她说临时有事要忙，等忙完后再打给我。但到今天为止，十六年过去了，她还没忙完。"我传。

她回一张"哈哈大笑"的贴图。

第二次是我出社会做第二份工作时，朋友介绍而认识。

原本还算稳定，但也是交往两年后，见面的频率越来越小。

八年前最后一次见面时，她也说这阵子很忙，等忙完就能多相聚。

这话太熟悉了，我索性单刀直入问她，我和她之间是否完了？

她很干脆，说她遇见了命中注定的男人，所以对我很抱歉。

"她很怕蚊子，听说那个男人很会打蚊子，所以是命中注定。之后我发愤图强，苦练听声辨位的技巧，现在我也是打蚊子高手了。"

"我也很怕蚊子耶。"雨弓传。

"有机会的话我教你打蚊子。"我回。

她回一张"那就麻烦你了"的贴图。

"你总能把应该是沉重的事情说得很有趣，所以我很喜欢跟你聊天。即使再苦闷的心情，你都能想办法转化成微笑。"她传。

"我没那么厉害。"我回。

"不，你很厉害。当我烦闷或不开心时，跟你说话后就会好很多。"

"这是我的荣幸。"

"阳光一照，才会有雨弓。雨弓需要太阳，所以我需要Redsun。"

那时应该要警觉，我可能即将进入第三次恋爱。

我却浑然不知，还是跟着雨弓继续往前走。

但即使我警觉了，我能立刻停下脚步然后转身走回原来的路吗？

破纪录的隔天，毫无心理准备下，在办公室收到雨弓传来的信息。

"我想跟你说个故事。"她传。

"请说。"我回。

"我想当面说。"

"当面？要在哪里？"

"你说呢？"

我竟然完全想不出来。

原本如果上班时要见面谈事，在办公室或随便哪里都行，很方便；即使是下班后，随便找个地点也行。

"地点"绝对不是问题，问题只在于此刻我和雨弓之间的关系。

我突然领悟一句话：世界之大，却无容身之地。

可能我沉默的时间太久，她直接传：

"我这栋的顶楼阳台好吗？"

"好。有特别的理由吗？"我回。

"在那里晒太阳最好。"

"晒太阳？"

"嗯。"

我有点纳闷，但既然她说了地点，我也算解套。

我们约好时间，但时间并不完全一样。

而是以下午四点为基准，她提早一分钟到，我晚一分钟到。

没想到我和雨弓连"同时"都不行。

公司是大型研究机构，除了有三栋办公大楼，还有一些实验室、研究室、工作室，甚至是实验工场之类的东西。

员工不待在自己的办公桌而是到别处工作，是再正常不过的事。

平常上班时我很少只待在办公室而是四处跑，我相信雨弓也是如此。

所以我并不担心离开办公桌会不会启人疑窦。

雨弓的那栋楼有七层，我这栋则是六层。

两栋相隔大约六十米，中间有条道路，还有块绿地和几间实验室。

我慢步往前走，我可以迟到但不能早到，而她可以早却不能迟。

因为万一她迟到一点点而我早到一点点，我们可能就同时出现。

我推开厚重的顶楼阳台铁门，发出金属摩擦声，缓慢而刺耳。

眼前是一大片空旷的阳台，阳光洒了满地。

除了几间机房和一条又长又大的金属管道像巨大蟒蛇爬行在地，几乎空无一物。

这栋大楼从空中鸟瞰，大致呈弓状，只是线条是直线而非弧线。

走了几十米，终于在弓的中点看见雨弓。

她穿着深咖啡色毛衣，站直身子，面向西边，仰头朝着太阳。

冬天下午四点的阳光，温暖舒适而不刺眼。

我停下脚步，静静凝视阳光下的雨弓，突然有一股之前未曾感受过的明亮感。

上次见到她时，是五天前工作团队的讨论会议；但同样都是雨弓，现在看见她的感觉却完全不一样了。

"晒太阳真好。"她转头说。

"没错。"我走近她。

"你看……"她指着太阳，"现在的太阳有点红，像不像你？"

"像我?"

"红阳,Redsun。"她笑了。

"很像。"我也笑了。

  我们在阳台上漫步,雨弓四下张望,神情有些紧张,似乎想确定不会有别栋建筑物里的人可以看见我们。

  这里比较高,除非别栋的人没事站在窗边往上看,而且眼力还不错,才有可能看到我们。

  但我和她在公司里都算久,熟人不少,得小心谨慎,绝不能被发现。

  我从没想过当小偷,但此刻却能深刻体会当小偷的心情。

  寻寻觅觅,终于有了容身之地,我们在某处的金属管并肩坐下。

  这位置除非别人的眼睛具有透视功能才会看见。

  雨弓远远望着那扇铁门,似乎担心有人突然推开门。

  我整个人往后转,虽然跟她还是并肩坐着,但脸却朝着相反方向。

  她朝向西方,我朝向东方。

  "你为什么这样坐?"她很疑惑。

  "这里应该不会有人上来。但万一那扇铁门有任何风吹草动,那么你马上往前跑到围墙边,我也马上往前跑到围墙边。"我说,"这样,我们分别站在两边的围墙,人家就不会怀疑了。"

  "很好。"她笑了。

  "要不要先彩排一下?"

  "北七。"她还在笑,"不用啦!"

我们并肩晒了一会儿太阳，都没说话。

"故事呢？"我先打破沉默。

"什么故事？"她愣了愣。

"你不是想说个故事？"

"哦。"她又笑了，"晒太阳晒到忘了。"

雨弓开始说起那个欧洲中世纪时期男人、女人和狮子的故事。

"那个男人为什么要离开？"听完故事后，我问。

"因为丢手帕的女人并不爱他。"她说。

"是吗？"我很疑惑，"她最后不是说爱他？"

"这是时间点的问题。"她说，"从女人准备狮子笼，直到她丢手帕那刻，女人并不爱捡手帕的男人。其实应该说，她不爱在场的任何一个男人。"

"为什么？"我很惊讶，"她怎么可能都不爱？"

"你会让你爱的人冒着无谓的生命危险，走进狮子笼吗？"雨弓问。

"当然不会。"

"如果她早已爱上其中任何一个男人，她还会丢手帕吗？难道她不怕她所爱的人走进狮子笼捡手帕吗？"

"这……"

"女人在乎的只是谁能因为爱她，冒死为她捡手帕而已。"雨弓说。

"那男人为什么还要走进狮子笼？"我问。

"决定走进狮子笼时,男人知道女人并不爱他。但他只是想证明自己,为了所爱的人,可以连命都不要。"雨弓说。

"既然已经证明了,女人后来也说爱他了,他为什么还要离开?"

"也许男人不希望女人只是因为感动而爱他。"

"这个捡手帕的男人后来是不是说了一句名言?"我说。

"什么名言?"她很好奇。

"你可以因为一个爱你的人而感动,但请别因为感动而爱一个人。"

"这真的是那个男人说的吗?"她睁大眼睛。

"我唬烂的。"我笑了笑,"只是想提高自己的故事参与感而已。"

"北七。"她也笑了。

"男人既然只是想证明自己可以为了爱而面对狮子,那他最后就一定得离开女人。"笑声停止后,她说。

"为什么?"

"如果男人最后接受了女人,就表示他走进狮子笼的动机,是想借此来感动女人,获取她的芳心。"她说,"所以他一定会离开,因为他走进狮子笼不是为了得到女人的爱,而是为了证明自己的爱。"

"这个结论很好。"我说。

"这是我自己的猜测。"她说,"没人知道那个男人真正的想法。"

"那个男人应该会想去当驯兽师。"

"北七。"她说,"不过你刚刚唬烂的名言很有道理。"

"你这个故事才是很有道理。"

"谢谢夸奖。"她笑了。

"你为什么突然想说这个故事?"我问。
"因为……"她沉吟一会儿。
"嗯?"
"因为我也想跟捡手帕的男人一样……"她仰起头,正对着太阳,"走进狮子笼,面对狮子。"

我心头一震。

"请你不要有压力。"她说,"这是我自己的选择,跟你无关。"
"怎么会无关?"
"你有把手帕丢进狮子笼吗?"
"没有。"
"所以跟你无关。"
"这……"

雨弓向着太阳,我背着太阳,都没再说话。
或者说,都不需要再说话。
我和她虽然面朝着相反方向,但我们的影子却是并排在一起。

"该走了。"她说。
"你先走。"我说,"五分钟后我再离开。"
她点点头,起身走向那扇铁门,缓缓拉开铁门。
铁门依旧发出刺耳的金属摩擦声,声音很响亮,一定能听到。
这样以后万一有人突然上来顶楼阳台,我和雨弓可以及时逃生。

这天晚上，雨弓又在九点 Line 我。

我们像之前一样交谈，仿佛她没送我《传奇》这首歌，也没在顶楼阳台说故事。

虽然纪录已经破了，她不必执着每晚都要 Line，但我们还是几乎每晚必 Line。

而顶楼阳台，我们每隔几天会上去晒晒太阳、说说话。
同样是以下午某个时刻为基准，雨弓早一分钟到，我晚一分钟到。
我推开铁门走了数十米后，总能看见她站直身子，仰头朝着太阳。
然后并肩坐在老位置的金属管上，她朝向西方，我朝向东方。
我们大约只待二十分钟就离开。
离开时，她会先走，五分钟后我再走。

跨部门计划案圆满结束，我们这十二人工作团队相约一起吃尾牙。
雨弓穿了件深红色衣服，颜色虽然深，却是她很少穿的艳丽颜色。
有人开玩笑问她："今天是要当新娘吗？"
"北七。"她笑说，"我都结婚十年了。"
我感觉被根针猛刺一下。

大家彼此熟识，工作又刚结束，在这种场合都聊得很开心。
我和雨弓的座位刻意距离稍远，也避免太过亲密的交谈。
我称呼雨弓为小龚龚，其他人觉得有趣，偶尔也这样叫她。
她则称呼我为扬宏，跟其他人一样。

有时聊得兴起,我会跟她多说几句,但随即提醒自己要节制。
而与她目光相对时,我也提醒自己眼神要降温。

聚餐结束后,大家一起坐计程车到市郊山上看夜景,喝咖啡。
总共需要三辆计程车,我和雨弓刻意坐不同车。
喝咖啡时分成两桌,我和她也刻意坐不同桌。
远眺城市的夜景时,我从未站在她身旁。
整个晚上我有一种自己是个演员的错觉,而且必须完美地演出。

从山上回到家才五分钟,手机响起。
"到家了吗?"雨弓传。
"刚到。"我回。
"累吗?"
"还好。"

"你今天有两个地方没演好。"她传。
"哪两个地方?"
"天秤座、咖啡。"
"嗯?"
"吃尾牙时你说了我是天秤座,为什么你知道我的星座?"
"你告诉我的啊。"
"我知道。但我没告诉其他人呀,所以他们可能好奇你怎么知道。"
"哦。明白了。"

"还有你怎么知道我喝咖啡一定不加糖和奶,只喝黑咖啡?"她传。

"这当然也是你告诉我的。但其他人会以为我和你私底下喝过咖啡,不然我怎么会知道。"我回。

"没错,就是这样。"

"我知道了。下次会更小心谨慎。"

果然我的演技还有进步的空间。

"我今晚很开心,可以在正常情况下跟你在一起,不必偷偷摸摸。"她传,"还可以跟你一起吃大餐、一起看夜景,这些都是第一次。"

"我也很开心。"我回。

她又传了一连串今晚发生的种种细节,感觉她真的很兴奋和满足。

其实我并没有同感,但我还是附和她。

雨弓似乎忘了,今晚是十二个人在一起,不是只有我和她。

而在这种好友相聚的场合,免不了会聊些家庭状况。

当她侃侃而谈她与她先生还有女儿间的互动或发生的趣事时,我觉得莫名地难受还有尴尬,完全不自在。

甚至否定自己,认为自己是个破坏别人幸福家庭的浑蛋。

但我却得若无其事演出该有的反应,比方觉得很有趣而露出笑容,或觉得很羡慕而发出赞叹。

虽然可以在正常情况下与她相聚,但我完全不喜欢今晚的聚会。

如果可以让我选择,我宁愿不要这种好友间的聚会。

即使将来除了这种聚会,我完全没有其他看见她的可能,我也绝对不要。

然而雨弓却觉得很欢乐、很满意并洋溢着幸福感,甚至期待以后能常常有这种聚会。

我和她的感觉竟然出现如此强烈的反差,但我只能选择沉默。

农历春节到了,公司放了七天年假。

过年期间雨弓偶尔会 Line 我,但每次只有短短几分钟。

我很不适应这种每天顶多只能跟她聊几句的日子,而且有一股强烈的离别感,感觉跟她离得很远,分离了很久。

这段假期漫长而难熬,我期待早日开工。

大年初二深夜,我忍不住写了封 E-mail 给她。

在这种人手一机的时代,我竟然还写信,而且写了两个钟头。

写完寄出后,已是大年初三的凌晨。

我猜想她看完 E-mail 后,会是怎样的心情?

没想到十五分钟后,手机就响起。

"我看完了。好感动。"雨弓传。

"这么快?"

"我一收到就马上看,而且还看了两遍。"她传,"这是我这辈子最感动的时刻。"

雨弓似乎很喜欢用"这辈子"这个字眼。

放完年假,公司开工那天,雨弓拿了开工红包后就 Line 我:

"以十点为基准。老地方见。"

"OK。"我回。

她很罕见地约了上午而不是下午,看来我们应该都是等不及。而且顶楼阳台变成了"老地方",这字眼让我觉得无比亲切。

我推开铁门走了数十米,发现她已经坐在老位置上了。

"你今天不先仰头看太阳吗?"我也坐下。

"上午太阳比较大。"她笑了,"而且我想早点看到你。"

"我也是。"我说,"好久不见。"

"真的是好久不见。"她的语气很真挚。

她凝视着我,眼神很闪亮,目光像是被冻结。

那一瞬间,我突然有股冲动,想紧紧抱住她。

但我忍住了。

"我们多久没见面了?"目光解冻后,她问。

"八天。"我说。

"只有八天这么短吗?"她很惊讶。

"嗯。"我点点头,"主要是因为中间有七天年假。"

"哦。"她说,"我还以为已经一个月了。"

"没那么长。到目前为止,我们最长没见的时间,就是八天。"

"好。"她笑了,"这个纪录绝对不能被打破。"

"我同意。"我也笑了。

"回到正常的日子真好。"她说。

"我也这么觉得。"我说。

我和雨弓似乎没意识到,我们口中所谓的"正常",其实是世人眼中的"不正常"。

这天快要下班时,雨弓又 Line 我:

"上午在老地方时,你是不是想抱我?"

"是。"我犹豫了一会儿,才回。

"那我们这样算不算是不能拥抱的恋人?"

"算是吧。"

"哦。"

我也不知道该说什么,只能简单传个贴图。

跨部门计划结束了,我和雨弓就没有因公事而相见的理由。

但雨弓很在意那个八天的纪录,因此每当纪录快被打破时,她总会及时约我在顶楼阳台碰面。

顶楼阳台有时风大,夏季时阳光酷热,但我和雨弓总是坐在老位置。

夏天雨弓会改约五点而非四点,这时阳光会温和一些。

至于风大,那就无解,只能被风吹了。

但即使强风吹乱她头发,发丝常因此贴住她嘴唇,她依然笑容满面,而用手拨开发丝的神情甚至有些妩媚。

有时雨弓会带着两个保温瓶到顶楼阳台,瓶内装满咖啡,一人一瓶。

这里是空旷的露天咖啡厅，但只有我们两个人边喝咖啡边聊天。
"今天的咖啡如何？"雨弓问。
"很好喝。"我说。
"这是我自己买咖啡豆、自己煮的哦。"
她很得意，我喜欢看她得意时的神情。

有次雨弓出差，两天一夜，这两天如果没见面，纪录就破了。
可是第二天她出差回来后大约是下班时间，根本不用进公司。
原以为纪录应该会破，但第二天快下班时，手机响起。
是 Line 的来电。

"你十分钟后到你那栋南侧靠停车场那里。"雨弓的声音很急促。
"好。"我问，"但是为什么？"
"我会开车停在停车场。但你不要下楼哦，你就站在四楼，我会下车跟你挥手。"
"好。"
"你也不可以跟我说话哦。"
"好，什么都好。"我说，"你小心开车。"

我这栋大楼旁边有个平面停车场，我走到四楼南侧尽头，靠着矮墙。
两分钟后有辆黑色车子开进停车场，应该是雨弓的车。
她停好车，走下车，走了几步停下，仰头便看见我。
她笑了起来，笑容很灿烂，像这时候的阳光。

下午五点半的太阳,颜色是浓浓的黄,并透着红。

阳光洒满她全身,整个人变得好明亮。
她双手在空中挥舞,像是画出一道又一道弧线。
那代表彩虹,也就是雨弓。

她一面指着太阳,一面用双手在空中画出雨弓。
是的,阳光一照,雨弓就出现。
她又指了指自己,然后再遥指着我。
我明白了,我需要你,正如雨弓需要 Redsun。

那一瞬间,我觉得雨弓好美,深深地以喜欢她为傲。

从阳台走回包厢,刚进包厢迎面一瞥,看见雨弓、小白还有坐在"2"位置的阿瑛笑得很开心。

她们围着看雨弓的手机,雨弓似乎与她们一起欣赏出国旅游的相片。

我视线立刻离开,但耳朵听见雨弓说她上个月去美国玩。

视线转向桌上的菜,发现桌上多了一道菜。
"这是澎湖的花枝丸。"
坐在"7"位置的人用牙签插着一颗花枝丸放进我碗里。
这丸子炸得金黄,看起来就觉得一定很好吃。
但"澎湖"这两个字却让我心中有些酸涩,突然没了胃口。

能出国玩真好,我和雨弓当然从未一起出国玩。
即使在台湾岛内,也几乎称不上"玩"这个字眼。
唯一可以称得上是一起去"玩"的,就是去外岛澎湖。
这不仅是我和雨弓之间最珍贵的回忆,也是最像正常恋人相聚的时光,虽然只有短短两天。

我从来没有想过能跟雨弓像正常恋人那样一起出游,连幻想也没。

自从雨弓送我《传奇》那首歌开始,我和她只能待在阴暗角落,躲躲藏藏、偷偷摸摸、遮遮掩掩。

我和她能在顶楼阳台碰面,已经是最大的奢侈。

我渐渐明白,为什么雨弓要约下午时分在顶楼阳台碰面。

因为我和她都需要晒太阳。

我和雨弓并没有固定相约的日子,但最长八天不见的纪录依然保持。

这个世界应该容不下我们,只有顶楼阳台可以接纳我们的存在。

对我和她而言,顶楼阳台并不属于这个现实生活的世界,而是另一个时空。

雨弓很喜欢在顶楼阳台跟我聊天,我们也几乎无所不谈。

她会细到几乎所有琐事都说,甚至是她的生理期。

我刚听到时很尴尬,几乎无法接话。

但我和她的交谈是对口相声,既然她逗了,我就得捧。

雨弓的生理期很规律,通常是二十八天,但来潮第一天几乎没感觉,因此有时会因没有防范而出现尴尬的场面。

她试着记住来潮时的日子,以便下次能提早防范,可是总会忘了。

这令她很困扰,但她却是边说边笑。

"我帮你记日子好了。"我有点尴尬,但还是说出口。
"好呀!"她很高兴。

我算好日子,为了保险起见,在第二十六天便提醒她。
"你明天或后天可能要注意一下了。"我传。
"注意什么?"雨弓回。
"呃……红红的那种东西。"我的脸也红了。
"月经吗?"
"是。"连打字的手指头都红了。

隔天晚上,雨弓传:
"你好厉害,被你说中了。我月经刚来。"
"这是你自己的规律,跟我无关吧。"我回。
"不。这是你算得准,我以后要叫你'月经预测大师'了。"
"……"

长久以来的困扰终于解决,她似乎很兴奋。
从此以后,每当她来潮时会告诉我日子,我就记下。
然后算好日子,在下次来潮前提醒她。
这已经是我每个月必做的日常事务,而且从不遗漏。

雨弓看似有些粗枝大叶,但因为我,不得不变成细心。
她逐渐变得小心谨慎,而且是越来越小心。
以前总在晚上九点 Line 我的习惯已经改变,改成有时是早上,有时下午,有时晚上,甚至深夜也有。

交谈时间长短不一,有时只有三分钟,有时却可长达三小时。
我可以想象她应该是利用安全的时间空当跟我 Line。

因此我绝不主动先传 Line 给雨弓,除非某些特例。
比方有次我在公司赶一个案子,可能要很晚才能下班,她要我赶完后可以回家时 Line 她。
"你确定?"我传。
"对。"她回。
只有在类似这种状况下,我才会先 Line 她。

以前我对手机很随意,有时会因为这种随意而一时之间找不到手机。
但因为雨弓,我养成无论何时何地手机一定随身的习惯。
即使洗澡,手机也跟进浴室。
这样只要她 Line 我,我马上可以回应。
我曾在洗澡洗到一半时收到她的 Line,然后就在浴室跟她 Line,结束后再把另一半洗完。

我骑摩托车时,总是在嘈杂的车流声中留神倾听手机是否响起。
碰到红灯而停下时,也会马上拿起手机查看。
有次骑到一半,天空开始下雨,手机也同时响起。
急着找地方避雨时,前方车子突然刹车,我闪避不及而"雷残"[1],人车倒地。

---

[1] 台湾地区口语词,指车祸摔车。——编者注

司机打开车门要查看时，我已站起身，扶起车，继续往前骑。

路旁有家"7-11"，我便停车在"7-11"门口躲雨并回应雨弓传来的 Line。

跟她 Line 完后，我直接去医院，幸好只伤到手脚皮肉。

之后敷了一个礼拜的药才算痊愈，但这件事雨弓并不知道。

我和雨弓必须躲藏，也总是压抑。

压抑久了，有时会需要一点点小小的宣泄。

比方雨弓偶尔会跟我用手机通话，但只用 Line 来电通话。

"你好吗？"雨弓说。

"还好。怎么了？"我问。

"没事。只是想听听你的声音，跟你说说话而已。"

虽然通话的时间总是只有短短几分钟，但听到声音与看到文字是不一样的感受。

文字让人感觉遥远，也常常无法完整表达心情或根本无法表达；而声音有温度、有气息、有生命，也可以让人有她就在身边的错觉。

即使都不说话只有呼吸声，也能让人心跳加速。

有次我和雨弓在顶楼阳台喝咖啡聊天时，她突然站起身。

我正纳闷时，她转身对着我。

我只好也站起身，转身面对她。

"我、好、喜、欢、你。"她一字一字说。

她用力念出每个字，但几乎是气音，声音低沉而沙哑，而且很轻。

虽然阳台风大,但我仍然可以听见这声音钻入耳朵,进入心脏。

"请你再说一次。"我说。

"这种话说一次就够了。"她的脸红了。

终于有天,雨弓算是彻底宣泄。

那天是雨天,而且已经连续下了几天的雨,但再不碰面的话,最长八天不见的纪录就会打破。

雨弓果然还是约了在顶楼阳台碰面,我们各带了一把伞。

当我们各撑一把伞坐在老位置时,雨正哗啦啦下着。

"我们到底在干吗?"雨弓问。

她看着撑伞的我,我看着撑伞的她,同时笑了起来。

而且越笑越大声,完全没有停止的迹象。

以往在顶楼阳台时,我们连发出笑声都会小心翼翼,以免被听到。

我意外发现下雨天在顶楼阳台跟雨弓碰面的最大意义:我们可以尽情地笑,因为雨声可以掩盖笑声。

我和雨弓在顶楼阳台只待了五分钟就离开,其中有四分钟在笑。

快下班时雨就停了,天空开始放晴,太阳也露脸了。

我刚下班离开办公室时,接到雨弓的 Line 来电。

"Redsun,你看见了吗?"她很兴奋。

"看见什么?"

"雨弓。"她说。

"雨弓?"我一时会意不过来。

"就是彩虹呀!"

"喔。"我说,"你看见彩虹了?"

"对。"她笑了,"我正开车,就在我右上方。"

"你小心开车。"

"阳光一照,雨弓就出现。"她依然很兴奋。

"我知道。"我还是说,"你小心开车。"

"雨弓终于出现了……"她似乎哽咽了。

"你没事吧?"

"我没事。"她哭了,"Redsun,我看见雨弓了。"

"看见雨弓是好事,要高兴。"

"Redsun,我看见雨弓了。"她哭着重复这句。

"有阳光,才会有雨弓。"

"雨弓需要太阳,就像我需要你。"

"Redsun,我需要你……"

她一直说个不停,直到说不出话,然后放声大哭。

我没劝慰她,只是静静陪着她,任她放肆地哭泣,尽情宣泄。

或许我和雨弓还需要顶楼阳台以外的空间,然而这样的想法会不会太过分?

雨弓似乎想出了办法,就是利用她到外地出差的机会。

她将车子停在公司外五百米,我从公司走去跟她会合,迅速上车。

她开了一小段路后，换我开车，她坐在副驾驶座。

车程大约两个小时，而车内狭小的空间只专属于我跟她，这让我感觉非常兴奋和满足。

我刚开始开车的十分钟内，我和雨弓只是聊着她今天要处理的事。

十分钟后，我们终于意识到这是难得的独处时间，而且不像在顶楼阳台那样得小声说话，怕人发现，怕人突然上来。

于是我们便聊开了，而且越聊越起劲。

"你长得很不好看，但我还是想为了你而面对狮子。"雨弓说，"所以对我而言，这是真爱。"

"你意思是，我是因为你长得美？"我说，"所以不是真爱？"

"我哪晓得。这要问你。"

"还有请问一下，你真的觉得我长得很不好看？"

"对呀。"

"你要不要用中性一点的形容，比方普通、平凡、还可以之类的？"

"北七。"她笑了，"你真的长得很不好看呀！"

"我不想踩刹车了。"我说。

"喂。"

"不然你修正一下。"

"干吗修正？"她说，"很不好看还赢难看、很难看、丑、很丑。"

"哇，赢很多耶。"

"就是嘛。"她说。

我略转头看了她一眼,然后笑了笑。

"干吗?"她问。

"没事。"我说,"只是觉得你很可爱。"

"你是因为我可爱所以才喜欢我?"

"我从没想过为什么喜欢你。"我说,"如果喜欢你一定要有理由,那么也许是因为你敢面对狮子吧。"

说完后,我们都陷入短暂的沉思。

到了目的地,雨弓去处理公务,我等她结束时 Line 我。

我走到附近吃点东西,然后回车上闭目养神。

两个多小时后手机响起,再几分钟后她便坐回车上。

"我已经尽快结束了。"她很开心,"走吧。"

算了算,如果五点左右回到公司,那么除了两小时车程,还有一个多小时的空当,这对我和雨弓而言是难得的恩赐。

我们在高速公路的休息站停下,下车走一走,喝喝咖啡。

逛到一家商店时,我发觉雨弓的神色有异,她也立刻转身走出商店。

"怎么了?"我赶紧走出店门到她身边,问。

"人家看到我们,会不会以为是有钱的男人带着情妇逛街?"

她脸色凝重,眉头深锁。

"不会吧?"我很惊讶,"你为什么会这样想?"

"可能是因为做贼心虚吧。"她叹了口气。

看着她沉重的表情,我的心也跟着沉重。

"我们两个再怎么看,都不像是有钱的男人带着情妇。"我说,"而是助理陪着董事长。"

"为什么?"

"你看起来高贵,而且眉宇之间有杀气,这是典型的女强人面相。"我说,"人家一看到你,会以为你是董事长。"

"那看到你呢?"她的表情渐渐松弛。

"我就是一般的助理模样,而且还是长得很不好看的助理。"

"你好像很介意我说你长得很不好看。"她终于笑了起来。

"看看镜子中的我和你。"我们走到玻璃镜前停下脚步,"这哪点像有钱的男人和情妇?明明就是助理陪着董事长!"

她也看着镜子,边看边笑。

"来啊,否定我的说法啊。"我说,"你一定认为我说得对。"

她依然笑个不停,没回话。

"你真的不想否定我的说法吗?"我说,"否定一下嘛,拜托。"

"北七。"她笑说。

"董事长。"我鞠躬哈腰,"请问接下来要去哪里?"

"去喝咖啡。"她说。

我们买了两杯咖啡,坐在小广场旁,看着广场上的活动。

有个女盲人正卖力演唱,但人来人往,没人驻足倾听。

只有雨弓很专注聆听。

"你身上有 100 元钞票吧?"我问。

"有。"她看了看她的包。

"我们去表示一点心意吧。"等一首歌唱完后,我说。

我和雨弓走到女盲人面前的捐献箱,各投一张百元钞票。

雨弓微笑说"很好听",女盲人说了声"谢谢"。

时间差不多了,我们该开车回去了。

"董事长。"我打开车门,鞠躬哈腰,"请上车。"

雨弓笑着坐上车。

"我以前就跟你说过,你总是能把沉重的事情说得很有趣。"她说。

"谢谢董事长夸奖。"我说,"那可以加薪吗?"

"可以。"她笑了,"回去就加薪。"

回程的路上,我们依然一路聊着。

"我常想,把我和你之间的事说给人听。"雨弓说,"只可惜找不到任何人可以说。"

"没人能说也好。"我说,"因为我们是不会被祝福的。"

"是呀。"她似乎叹了口气,视线朝向远方。

"董事长。"我说,"如果累了,您可以睡一下。"

"北七。"她说,"再怎么累,现在我也不会闭上眼睛。"

我伸出右手,握住她左手。

她身体一震,转头凝视着我。

过了一会儿,她转动左手,变成跟我十指交扣。

我们都不再说话,只听见车子行进的细微引擎声。

"这样好开车吗?"过了许久,她问。

"还可以。"我说。

"你平时会想念我吗?"雨弓问。

"我每天二十四小时都是处于这样的状态。"我说。

"你也会甜言蜜语哦。"

"我是说真的。"

"真的吗?"

"嗯。"我点点头,"真的。"

雨弓凝视我一会儿,然后轻轻叹了口气。

"如果你很想念、很想念我时,你会怎么办?"雨弓又问。

"我会找一个离你最近的地方,然后开始想念你。"我说。

雨弓左手突然使力,原本十指交扣变成十指紧扣。

这种紧扣状态,持续到我下车。

我在公司外五百米处下车,下车时我没道别,下车后我没回头。

雨弓直接开车回家,我则走回公司。

今天没重要的会议,所以还好。

如果有要完成的工作,我就留在公司做完,多晚下班都没问题。

这天晚上,她有 Line 我,第一句就是:

"谢谢你今天的陪伴。"

我突然有些不舍，感觉她似乎成了一个寂寞的人。

雨弓原本不应该是寂寞的人，但因为我而变得寂寞。

她与我之间的事，她只能深藏，无法与别人分享这些心情，所以不得不寂寞。

只有当我陪伴时，她才能诉说这些心情，也才不会感到寂寞。

然而如果没有我，她便不需深藏任何心情而可以诉说所有心情，这才是真正不寂寞。

"我今天觉得最快乐的事，就是跟你一起投钱给女盲人。"她传。
"为什么？"我回。
"因为我和你都需要多做善事呀。"她传，"以后只要有机会，我们都要像今天一样。每次每次，都要把握。"

雨弓很高兴，滔滔不绝传着信息，而我能理解那种心情，更能理解她说需要多做善事的原因。

一般人如果做了善事，通常会快乐一下；但我和雨弓是罪人，除了也会快乐，还多了一种赎罪感。

从此如果碰到她出差，只要状况允许，我们便会同行。

如果有时间，我们会在高速公路的休息站，甚至只是路旁的"7-11"，找个地方坐下，喝杯咖啡。一旦看到任何捐献箱，绝对解囊。

即使没有时间，光开车过程中的独处，也足以令我们感到幸福。

而回来后的当晚，雨弓也总会 Line 我。

第一句一定是："谢谢你今天的陪伴。"

原本以为这样就够了,不敢再多奢求。

没想到在一个冬天的夜晚,没有降雪,而是降下惊喜。

"去澎湖好吗?"雨弓传。

我愣住了,心想她是不是传错人了?

"好吗?"她又传。

"好。"我回。

虽然我很纳闷为什么会有这种机缘,但我并没有多问。

出发前一天,她在顶楼阳台把身份证给我,方便我隔天办理登机。

出发当天,我和雨弓分别坐车前往松山机场,搭乘同一班飞机。

我办好登机手续,悄悄把她的身份证和登机卡放在她身旁的座位。

我走开后,她拿起证件,而我在离她二十米远的位置坐下。

排队登机时,我排在她后面,但我们之间还有十个人。

直到上了飞机才比邻而坐,她坐窗边。

一小时的航程中,她全程看着窗外,没跟我有任何互动或交谈。

飞机落地,我先起身下机,她等一分钟后再起身下机。

但我刚走出马公机场,她却突然跑到我身边。

我愣了愣,不知道是不是该继续假装陌生。

"我们去租一辆摩托车吧。"她笑了笑,拉了拉我手臂。

直到此刻,我才知道警报已解除。

澎湖冬天风大,尤其是很狂的东北季风,骑摩托车可能会很辛苦。

我问她要不要租车子而不是租摩托车。

"风大才好。"雨弓竟然唱起歌,"就让风将我的泪吹干……"

"黄莺莺的《只有分离》。"

"你好厉害。"她笑了。

我骑着摩托车,雨弓在后座双手环抱我整个腰。

冬天的东北季风真的超狂,尤其是迎风面的北环——我骑的路线。

有时还会突如其来一阵更狂更猛烈的风,吓我们一跳。

而海面上也会扬起超大的浪,非常壮观。

"爱你依然没变,只是无法改变,彼此的考验……"雨弓大声唱着。

"你还在唱《只有分离》?"我大声说。

"对。莫名其妙就想唱这首歌。"她继续大声唱,"只有只有分离,让时间去忘记,那一份缠绵……"

风大浪大下,雨弓一路上都很兴奋,我从未见过她这种兴奋模样。

她身体前倾贴住我的背,双手始终环抱着我,大声跟我谈笑或唱歌。

我的头略微左偏,双眼仍盯着前方,偶尔我会放开握着把手的左手,轻抓住她环抱着的双手,也大声回应她。

我们彼此紧密贴近,仿佛这样便可以克服所有狂风巨浪。

台湾西海岸的沙滩几乎都是黑色的海沙泥,而且会黏人;而澎湖的沙滩是白色细致的贝壳沙,即使沾上身,用手一拨就掉。

我和雨弓被一大片白色沙滩所吸引,便停下车,走进那一片白。

地图上并没有标示这里的名称,算是个无名沙滩,但美得令人窒息。

冬天的游客较少,这里在地图上又没被标示,因此沙滩上人很少。

方圆一百米内,只有我和雨弓并肩坐着吹海风。

这里像静谧的仙境,稍微可惜的是,此时太阳被灰蒙蒙的云层遮蔽。

"虽然只是外岛,但离开台湾,就好像离开现实的世界。"雨弓说,"在这里,我只是你的雨弓,而你就只是我的 Redsun。"

我有些感动,左手握着她右手,她轻轻转动右手,变成十指交扣。

"你看!"雨弓突然大叫一声,左手遥指远处的海面。

海面上浮现点点金光,阳光终于穿透厚厚的云层,洒在海面上。

"我看到了。"我说,"不管乌云有多厚,阳光总能突破困境,洒在海面上。"

"哇!这段话好棒!"她笑了,"你要把这段话记下来。"

"好。"我点点头,"我会写在顶楼阳台上。"

"再说一次好吗?"雨弓说。

"不管乌云有多厚,阳光总能突破困境,洒在海面上。"我说。

"没错。"她笑了,"所以我们一定会在一起。"

"对。"我也笑了。

雨弓站起身，往前奔跑十几步后停下，双手圈在嘴边朝海面大喊：

"我是雨弓，我爱 Redsun。我们一定会在一起……"

"我是 Redsun，我爱雨弓。我们一定会在一起……"

我也起身往前奔跑到她身旁，双手圈在嘴边朝海面大喊。

"蔡扬宏，我爱你……"雨弓又大喊。

"龚羽婷，我爱你……"我也大喊。

"蔡扬宏，我爱你爱到破表……"

"龚羽婷，我永远永远爱你……"

"你赢了。"她笑说，"你说了永远。"

"承让。"我也笑了。

我们呼喊后又坐了下来，十指紧扣，欣赏海面上金光闪闪。

"这是我这辈子最快乐的时刻。"雨弓说。

"你好像很喜欢用'这辈子'这个字眼。"我说。

"因为真的是这辈子呀！"她笑了。

和她并肩坐在洁白的沙滩上，面对一望无际的海，任时间缓缓流逝。

用这辈子这个字眼来形容此情此景，确实不为过。

天色暗了，我们骑摩托车离开这片白色沙滩。

找了家店，各吃碗小管面线当作晚餐，而且还吃仙人掌冰。

"冬天吃冰虽然很冷，但很过瘾耶。"雨弓边发抖边说，"既然觉得冷了，我们干脆去这附近的鲸鱼洞吧，那边一定超冷。"

鲸鱼洞原本是黑色玄武岩的海崖,在长期海蚀作用下,最后贯穿而形成一个巨大岩洞,外形很像鲸鱼因而得名。

晚上去有些危险,因为天很黑、石头很滑,而且悬崖下面就是海了。

打开手机的手电筒,我牵着她的手,小心翼翼走进洞内。

现在应该是退潮,在洞内可以听见轰隆作响的潮音,感觉洞外似乎是惊涛骇浪。

鲸鱼洞内既阴森又寒冷,雨弓几乎冷到说不出话了。

"你有两个选择,一个是看我冷死,另一个是抱着我让我温暖些。"她直打哆嗦,"你有那么难选吗?"

"我加码。"我笑了笑,脱下我的外套让她穿上,再抱住她。

"你不会冷吗?"她问。

"当然会冷。"我说,"但心里很温暖。"

听到我说了冷,她急忙想脱下外套还我。

"你也有两个选择。"我说,"一个是你不穿我的外套而冷死然后让我内疚,另一个是穿上我的外套然后你温暖我也温暖。"

"遇见你之后,我就只有一个选择。"她说,"我的选择就是你。"

"你赢了,你比我会说话。"

"承让。"她笑了,声音不再有抖音。

我抱着雨弓,在惊涛骇浪中,找到唯一的宁静。

"听说我们是不能拥抱的恋人。"雨弓说。

"不管了。"我说。

"嗯。"她说,"不管了。"

不管要面对什么,总之不管了。

"将来老了,你想住哪里?"雨弓从我怀中探起头,问。

"人少一点的地方,最好看得到海。"我说,"我喜欢海。"

"那带我一起去吧。"

"你会喜欢吗?"我说,"感觉你应该喜欢纽约、东京、上海之类的大都市。"

"你喜欢人少,我就喜欢人少;你喜欢海,我就喜欢海。"

说完后,雨弓凝视着我,我下意识抱紧她。

"我是天秤座,很难下决定。"她说,"但我早已决定,要跟着你,不管你要不要我。"

"真的吗?"

"嗯,真的。"她用力点了点头,"那你要我吗?"

"要。"我说。

"好。"她笑了,"不管要等多久,我们都要在一起。"

"没问题。"我也笑了。

寒冷阴森的鲸鱼洞里,终于变得明亮而温暖。

"这是我这辈子最幸福的时刻。"雨弓说。

"你今天说了两次'这辈子'。"

"那么今天就是我这辈子说'这辈子'次数最多的日子。"她笑说。

我也笑了,觉得她很可爱。

离开鲸鱼洞时已是很深的夜,但回到民宿还有段路,大约27公里。
四周一团漆黑,最明亮的似乎是满天的星光。
我们不赶时间,慢慢骑,偶尔停下来看看星星、听听潮声。
经过跨海大桥时,我们有一种航行在海面上看着满天星斗的错觉。

"各位星星,你们好!"她仰头朝星空大喊,"我是雨弓,骑摩托车载我的人是 Redsun。我们是一对不被祝福的恋人,但无论如何,不管怎样,将来都要在一起……"

海面扬起波涛,仿佛大海在应和,而星星也更亮了。

雨弓仰头朝星空大喊的余音还在脑海萦绕,餐桌上却正在热烈谈论某个话题。

我留心倾听,原来大家在聊远东航空停止营运这个话题。

那年我和雨弓去澎湖,坐的就是远东航空的班机。
因为带给我满满的美好回忆,因此我一直对远东航空心存感激。
没想到已经停飞,令人不胜唏嘘。

"我超不爽的,本来计划好利用过年跟我老公去韩国的济州岛度假,票也已经订好了,就是订远东航空。"坐在"2"位置的阿瑛大声说,"结果竟然不飞了,害我年假泡汤。马的锉冰!"
虽然阿瑛很倒霉,但听到她骂粗话却觉得很好笑,不禁笑了起来。

"喂,扬宏。"阿瑛问,"你在笑什么?"
"觉得你被放鸽子很倒霉。"我说。
"那你还笑?"阿瑛说,"罚三杯。"

"三杯就三杯。"我很阿莎力[①]。

"刚好敬我们三个女生。"

啊？不要吧？

坐在"9"位置的人已把我的酒杯倒满，我无奈举杯先敬阿瑛。

才刚放下杯子，又立刻被倒满，只得再敬小白。

连喝三杯不是问题，问题是第三杯要敬雨弓啊！

举起第三次被倒满的杯子，一时之间有些不知所措。

"扬宏，应该是我敬你才对。"雨弓说，"刚刚忘了敬你。"

这临场反应太好了吧。

虽然今晚敬酒时她跳过"7""9"和我，留下一点猫腻；但她利用这机会敬我，而且坦承之前忘了敬我，那就无懈可击了。

幸好奥斯卡金像奖有分男演员和女演员，如果只有一个演员奖，我的演技绝对赢不了她。

我硬着头皮举杯对着她，眼睛也不得不直视她。

她左手举杯，而且先干为敬。

当杯子碰触她嘴唇时，一道淡紫色光芒刺向我眼睛。

那是她左手腕戴着的紫玉髓手镯。

我心头一惊，握着酒杯的手当场冻结。

"喂。""9"用手肘碰了碰我，"你在干吗？"

[①] 台湾地区口语，意为干脆、爽快。——编者注

我赶紧一饮而尽,但喝太快了有点呛到,咳了几声。
匆忙放下酒杯时,酒杯没站稳,倒在桌上。

刚认识雨弓时,她就戴着那个紫玉髓手镯。
手镯呈淡淡的紫色,看起来非常高雅。
她从高中时开始戴,已经戴了二十几年,而且从不摘下。
但当我送她一条手链后,她毅然决然摘下手镯,只戴我给的手链。
那应该是一种决绝。
如今她解开我给的手链,又戴回紫玉髓手镯,这也是一种决绝吧。

雨弓是个很难下决定的人,然而一旦下了决定,她就会用惊人的意志力彻底执行。
我常常能感受到她想彻底执行某些决定时的决绝。
比方去澎湖的第一天,她在无名的白色沙滩、鲸鱼洞时所说的话,还有经过跨海大桥时她朝着星空呐喊的话语。
我不仅能感受到她的决绝,而且打从心底相信她会做到。

如今雨弓却用另一种决绝,去推翻之前的决绝。
我们之间,后来到底发生了什么?
我拼命想,继续检视我和她之间的轨迹,想找出答案。

在澎湖的第二天早上,我和雨弓到马公市的中央老街逛逛。
这次不必扮演董事长与助理,而是我们之间最真实的样貌——
雨弓和 Redsun。
虽然我们不能买任何纪念品,也不能带任何伴手礼,但光是终于可以像正常情侣般逛街，已经是破天荒了。

我们很悠闲、自在而且随兴地逛，最后走进澎湖天后宫。
这座天后宫是明朝万历年间创建，至今已超过四百年。
对于传统的信仰，雨弓说她一直是个非常虔诚的人。
所以我们点了香，很恭敬地参拜，最后添了香油钱。
在天后宫里，我们是香客，而不是游客。

"这里的妈祖一定很灵验。"雨弓说。
"嗯。"我点点头，"当然。"
"我有时会到庙里掷筊，求神明指点迷津。"
"我也是耶。"
"那你敢不敢掷筊问妈祖，你是不是真的爱我？"
"啊？"我愣了愣，"这不是敢不敢的问题，而是问妈祖这种问题会不会太失礼、太……"
"不敢就算了。"她打断我。

我立刻去拿筊杯，将筊杯顺时针绕三圈香炉后，跪下来准备掷筊。
"我是开玩笑的。"雨弓急忙拉住我。
"你也跪着一起听。"我没起身。
"不要逞强。"她说，"如果你没掷出圣筊，那就尴尬了。"
"你跪着注意听，还有要看清楚。"我拉了拉她，要她跪下。
雨弓只得也跪在我身旁。

"我是蔡扬宏，请问妈祖，我是不是真的爱跪在我身旁的龚羽婷?"我小声说,"如果是的话,请妈祖赐我一个圣筊。"

我很紧张,心跳破表,但也只能硬着头皮掷筊。

筊杯从我手中抛出时,我的心脏仿佛也从口中抛出。

两个筊杯在地上翻转几下,最后静止。

结果是一阳一阴,圣筊。

我几乎快兴奋地跳起来,但我努力克制,转头得意地看着雨弓。

雨弓脸红了,她看了看四周的香客与游客,似乎很尴尬。

"快走啦。"她低声说。

"等一下。"我说,"我要再问一个问题。"

"别再问了。"

"请问妈祖,我将来是不是会……"

话没说完,雨弓迅速起身走开,我赶紧将问题问完后掷筊。

又是一阳一阴的圣筊,但雨弓已经快走到庙门了。

"又是圣筊耶。"我起身追上雨弓,"可惜你没看到。"

"我相信就是。"她满脸通红,"这里人很多,快走啦。"

"你要不要听听看我问的第二个问题?"

"出去再说。"她走出庙门,"真的超级尴尬。"

"你刚刚还说我会尴尬,结果尴尬的人是你。"我笑了。

"算你厉害。"她说。

"我跟你说我掷筊的第二个问题吧。"我说。

"不用了。"她脸上的红潮还未退,"想也知道你在问什么。"

"知道就好。"我哈哈哈笑了三声。

我爱雨弓这件事被神明认证，这让我很神气，也充满自信。

妈祖应该不会保佑我和雨弓将来可以在一起，我也不敢求它保佑，但它肯赐我圣筊而非怒筊，已足以令我感恩戴德。

我拉着雨弓又走入庙门，跪在妈祖面前，叩头谢恩。

这次她并不觉得尴尬，而且叩头的神情很虔诚。

时间差不多了，该去机场坐飞机回台湾了。

原本还在说说笑笑，但一踏进马公机场，雨弓又变回陌生人的样子。

等候登机，上了飞机，飞机落地，我们持续扮演彼此陌生的角色。

甚至当我走出松山机场时，她已不见踪影。

我站在机场门口，回想在澎湖所发生的一切。

突然觉得那是梦境吗？

而我已经回到现实了吗？

当天晚上，雨弓传了Line，第一句还是：

"谢谢你这两天的陪伴。"

即使这两天去澎湖是名副其实一起去玩，但她还是用陪伴这个字眼，而不是用这两天玩得很开心之类的形容。

"我在天后宫掷出圣筊，你放心了吗？"我传。

"没有。"她回。

"啊?"

"因为神明都是慈悲的,也许是怕你尴尬、怕伤了你,才给你圣筊。所以即使你掷出圣筊,也不表示你真的爱我。"

"这……"

"北七。"她传。

"嗯?"

"我当然相信你呀。而且已经很放心了。"

"那就好。你吓了我一跳。"

"北七。晚安了。"

回想在天后宫掷筊的过程,在我拿起筊杯那瞬间,我心里只有一个念头:我要证明我是真的爱她。

那应该也是一种决绝。

而这种决绝,让我觉得我像是那个捡手帕的男人。

因为我相信他要走进狮子笼时,一定有一种决绝的心情。

隔天下午,雨弓约了我在顶楼阳台碰面。

"我们来画个图吧。"我说。

"画图?"她很纳闷。

在老位置旁边的地板上,我左手掌贴地,雨弓右手掌贴地,我右手拿石头描出我们两人总共十根手指的轮廓,而且两根拇指有接触。

然后我在我左手掌图案里写:Redsun,雨弓则在她右手掌图案里写:雨弓。

在我们两人手掌图案的上方,我再用石头刻下:
"不管乌云有多厚,阳光总能突破困境,洒在海面上。"

深灰色地板刻出白色线条,字迹和图案都很明显。
我和雨弓微笑注视着地板上的文字。
脑海里浮现澎湖无名的白色沙滩上,我们并肩坐着,十指紧扣,欣赏海面上闪闪金光的景象。

"以后只要觉得怀疑、沮丧、不安、气馁、难过、痛苦、撑不下去,我们就来这里看看这段话。"她说,"好吗?"
"好。"我点头。
从此只要我和雨弓在顶楼阳台碰面,离开前总会看一眼那段文字。
这段话仿佛可以给我们满满的能量、信心和勇气。

从澎湖回来后,我一直想找样东西作为信物,而不是单纯的礼物。
想了很久,始终没有满意的答案。
直到有次她左手的紫玉髓手镯反射阳光,光芒射进我眼睛。
所谓灵光一闪,大概就是这么回事。

我花一个月时间,收集红色红玉髓、橙色芬达石、黄色黄碧玺、绿色橄榄石、蓝色青金石、靛色坦桑石、紫色紫水晶等七色宝石。
利用七个椭圆形铂金空托各镶嵌一颗彩色宝石,然后依照红、橙、黄、绿、蓝、靛、紫顺序,以铂金链串成一条代表雨弓闪烁着七色光芒的手链。

雨弓一拿到这条手链,眼睛立刻发亮。
她小心翼翼戴在右手,左看右看,上看下看,非常开心。
然后她身体竟然微微颤抖。
"怎么了?"我问。
"我只是太高兴了。"她声音也发抖。
在顶楼阳台时,连兴奋的心情都得压抑,压抑不住时只能颤抖。

"这就是我这辈子最喜欢的东西,不,是最爱的东西。"雨弓说,"没有之一。"
"你又说这辈子了。"
"我就要说这辈子。"她高举右手,手链在阳光下闪闪发光,"这条雨弓手链就是我,我就是雨弓!"
她很得意,情不自禁伸出双臂想拥抱我,幸好忍住。

一个礼拜后,雨弓和几个闺密好友一同去法国玩。
她用 Line 传了一段影片给我,长度十五秒。
雨弓背对镜头往前跑向埃菲尔铁塔,跑了十几步后停下并转身,高举右手对镜头大喊:"蔡扬宏,我爱你!"
天空应该正飘着雨,很多游客撑着伞,地面看起来很湿滑。

雨弓说她先悄悄离开好友,然后找个老外帮她拍。
"老外拍完后,说我很 crazy。"她传。
"你没滑倒吧?"我回。

"没。"

"你高举右手的样子,很像自由女神。"

"我戴着雨弓手链,所以是雨弓女神才对。"

"你确实是女神没错。"

隔天雨弓又传了一段影片,长度更短,只有五秒。

她在巴黎圣母院里坐下来祷告,然后她自拍右手腕的雨弓手链。

"蔡扬宏,我爱你。"她低声说。

她的声音几乎细不可闻,但画面中的雨弓手链却非常闪亮。

"你要把音量调到最大,因为在圣母院里我不敢大声说话。"她传。

"我调到最大了。可以听到。"我回。

"我还有祈祷让我们在一起哦。"

"很好。那我们一定会在一起。"

她传了一张"点头"的贴图。

雨弓回台湾三天后,我们在顶楼阳台碰面。

她把雨弓手链改戴在左手,而原本的紫玉髓手镯已经不见。

"你的紫玉髓手镯呢?"我问。

"摘掉了。"她说。

"啊?"我吓了一跳。

我记得她说当初买那个紫玉髓手镯时,几乎戴不进左手,最后费了九牛二虎之力才终于戴进。

因为很难拔下,所以二十几年来一直戴着,半秒都没离开左手。
"那你怎么摘下?"我问。
"就费了'十八牛四虎'之力。"她耸耸肩。
我看着她的左手,想象摘下紫玉髓手镯的艰巨。

"反正从今以后,我只要戴你给的雨弓手链。"雨弓说。
她的语气很坚定,这应该也是一种决绝。
我感动得说不出话。

"我还拿着雨弓手链去庙里过香炉哦。"她边说边笑,"别人拿手链过香炉是希望戴着保佑平安,我拿手链过香炉是希望戴着可以保佑我们将来在一起。"
"那我要戴什么?"我问。

她拿红笔在我左手腕画了个简单的太阳图案。
"这代表Redsun。"她说,"你送我雨弓,我就送你Redsun。"
"差太多了吧。"
"北七。"她笑了,小声地笑。
虽然只是用红笔画在手腕上的太阳,但我洗手和洗澡时会刻意避开。
小心保存了三天。

因为见不得光,我和雨弓的每个日子都必须低调。
而恋人间的特殊日子,比方生日、情人节、圣诞节等,我们反而必须比平常日子更低调。

在这些特殊的日子里,我们一定避免在顶楼阳台碰面,甚至也不会互传 Line。

往好处想,我没有一般男生每到特殊日子便想破头要送什么礼物,或是该如何庆祝、如何制造惊喜的困扰。
但代价是我失去和恋人一起纪念某个日子的幸福感。
不过后来雨弓想出一个日子,纪念我和她之间。

"请你吃巧克力。"雨弓说。
"哦?"我愣了愣,接下她递过来的巧克力,"谢谢。"
我撕开包装纸时,她低声惊呼。
"不要撕开。"她说。
"不要撕开?"我很纳闷,"是要连包装纸一起吃吗?"
"北七。"她拿走我手上的巧克力,小心拆开包装纸。

她将拆开包装纸后的深咖啡色巧克力递给我,我一口塞进嘴巴。
"包装纸不要吗?"她问。
"我待会儿丢。"我拿走她手中的包装纸,顺手一揉,放进上衣口袋。
"好。"她说,"丢得越远越好。"
"嗯?"
"最好撕烂再丢,千万不要看。"

雨弓的表情有些怪异,我拿出口袋里的包装纸,摊开一看。

"雨弓爱Redsun。生死不渝。"这是包装纸上的黑色文字。

"丢呀！快丢呀！"她说。

我眼角有点湿润，不敢回话，怕不小心哽咽。只好傻笑。

"北七。"她笑了。

这张包装纸已被我撕开一角，幸好没伤到字。

我用手将这张纸仔细压平，慎重收进口袋。

"还有一颗。"她说。

这次我就小心翼翼拆开包装纸，先吃巧克力，再看包装纸上的文字。

"雨弓 & Redsun。永远在一起。"这是第二张包装纸上的黑色文字。

我又将第二张包装纸压平，收进口袋。

雨弓应该是先拆开包装纸，写好字，再重新包装，像从没拆过一样。

没想到雨弓的手很巧，心很细。

"今天是几月几号？"她突然问。

"七月七日。"我说。

"情人节快乐。"雨弓说。

"啊？"我说，"今天不是情人节吧？"

"我知道。"她说，"别人过七夕情人节，农历七月七日。我和你过新历七月七日，这天就是专属于我们的情人节。"

"好。"我笑了，"情人节快乐。"

"情人节快乐。"她又说。

"情人节快乐。"我也说。

我和雨弓彼此凝视着，似乎都有点激动。

正常的情侣应该无法体会我和雨弓能够当面说情人节快乐时的激动。

隔年的新历七月七日，第二次专属于我和雨弓的情人节。

雨弓给了我三颗巧克力。

第一颗的包装纸写：天上地下。

第二颗的包装纸写：人间海底。

"你猜第三张写什么？"她问，"答案是五个字。"

"嗯……"我想了一下，"不是'永远在一起'就是'都要在一起'。"

"既然你猜对了，就不用看了。"她作势要撕掉包装纸。

"喂！"情急之下叫了一声，声音有点大，我下意识遮住嘴巴。

她笑了笑，把第三张包装纸给我，上面果然写：都要在一起。

天上地下。人间海底。都要在一起。

"我的礼物呢？"她伸出手。

我没回话，解开上衣第一颗扣子，再解开第二颗扣子……

"喂！"她说，"干吗脱衣服？"

"小声点。"我拉开上衣，露出胸口。

我已在胸口用黑色奇异笔写：雨弓。

"这是我这辈子最难忘的礼物。"她笑了起来。

"你又说这辈子了。"我问,"为什么难忘?"

"你这么北七,当然难忘。"

她拿出手机,拍下我胸口上写的黑色雨弓。

我们不能合照,也从不合照,所以这是她所拥有的第一张我的相片。

但是没有我的外貌,只有我的心。

对于我和雨弓这对不能也不会被祝福的恋人而言,我们只有彼此。

如果真要在一起,必须持续加强各自的信心和勇气,这样才足以克服所有的阻碍和考验。

而且也必须不断加大彼此在对方心中的分量,直到那种分量不可或缺且无法取代。

可惜再美丽的地毯,总有一面是粗糙的。

对我而言,雨弓一直是美丽的存在,毋庸置疑。

我熟悉雨弓这美丽的地毯正面,但雨弓的另一面——龚羽婷,就是粗糙的地毯背面。

不是龚羽婷那一面不好,而是那一面我并不熟悉,且无法掌握。

但对雨弓的家人和所有亲朋好友而言,龚羽婷那一面才是美丽的地毯正面。

而龚羽婷的另一面——雨弓,却是他们完全看不到的地毯背面,也绝不能被他们看到。

因为这一面是雨弓和 Redsun 的一切,不仅粗糙,甚至是丑陋。

雨弓必须不断转身面对不同的人,面对 Redsun 时,她是雨弓;面对其他人时,她是龚羽婷,而且绝不能让其他人看到雨弓。

如此不停转动和隐藏,她不会累吗?

雨弓曾说过,我是这辈子最懂她的人。

虽然她又用了"这辈子"这个字眼,但这个说法我非常认同。

只不过应该修改成:我是这辈子最懂雨弓的人。

因为只有我看得到雨弓。

至于这辈子最懂龚羽婷的人,谁都有可能,但绝对不是我。

因为我很少能看到龚羽婷那一面。

雨弓偶尔会跟我说起龚羽婷那面的生活,还有每年的尾牙聚会和平常同事们也会说起龚羽婷的一些事。

每当我不小心看到龚羽婷那面,除了感到陌生和讶异,大概都是难受、刺痛等负面情绪,而且还会有很深的罪恶感。

在旁人的口中,龚羽婷是贤惠的妻子、尽责的母亲;而在我的眼中,雨弓是生死不渝的恋人。

我必须假设雨弓的生活应该是不太快乐,并过着郁闷的日子。

如此我的存在或许才有些微意义,而我的罪恶感也才不会太深。

可是我听到关于龚羽婷的生活,不管是雨弓自己说的或是旁人说的，总是充实又有趣，而且看似幸福美满。

我的罪恶感并没有减轻，反而越来越深。

有次我和雨弓在顶楼阳台时，她接到电话，是她先生打来的。

她瞬间变成龚羽婷，与他谈论晚餐细节，还有女儿今天下课时该由谁去接。

挂断电话后，雨弓和我都有点尴尬。

我也明白即使是在顶楼阳台这唯一的容身之处，她也不是只属于我的雨弓，而是许多人共有的龚羽婷。

偶尔我会想起那次下雨天跟她各自撑伞在顶楼阳台时，她所说的话："我们到底在干吗？"

这句话真的是一语双关。

我在干吗？试着破坏雨弓正常的生活和家庭？

而雨弓在干吗？难道我在她心中的分量是不可或缺且无法取代，值得让她牺牲一切？

我曾经做了几个感觉很真实的梦，情景都差不多。

大概都是我和雨弓正在某个地方谈笑或游玩时，她突然说："我该回去了。我还有先生和女儿，他们在等我回去。"

原来我的梦境才能呈现真正的现实，而我以为我和雨弓在一起的现实，其实才是梦境。

我还做过一个奇怪的梦。

梦里有只狮子在追杀我，我拼命逃，但它一直紧追不舍。

原以为这只是单纯的噩梦，但后来想想，这何尝不是现实？

一旦要跟雨弓在一起，所有的压力势必像张开血盆大口的狮子一样，将我吞噬。

我相信雨弓想跟我在一起的决绝，这也是毋庸置疑。
但我能理解，也能想象雨弓面临的压力，只是可能无法体会。
甚至觉得她应该可以轻易克服这些压力。
直到有天在顶楼阳台，我终于体会到雨弓的压力。
那时距离雨弓送我《传奇》这首歌，大约两年半。

那天我和雨弓聊到小蓝，她说她早已将小蓝送人了。
"为什么？"我很惊讶。
"我很喜欢小蓝，但我只能送人。"她说，"因为很多人都知道小蓝是你送的，如果我一直留在身边，别人会怀疑我和你之间。"
我觉得似乎不必如此，但又觉得她的考虑也合理，便没回应。

"你是不是觉得我想太多了？"她问。
"有一点。"我说。
"我是不得不。"她说，"你知道说谎是我的日常吗？"
"啊？"我大吃一惊，"怎么可能？"

"每天想找时间 Line 你时，还有偶尔跟你通话，都要说谎。光去澎湖那次，我得说多少谎，你知道吗？而且明明说谎，别人却死心塌地相信你，你知道这有多难受吗？我总是做贼心虚，每当旁人的言谈举止有点异样，我就害怕他们是不是已经发现了我和你之间的事?虽然我知道应该不可能,可是总有一股挥之不去的恐惧笼罩着我,就像杀了人之后,即使尸体藏得非常隐秘,依然害怕总有一天尸体会在机缘巧合或阴错阳差下被发现。"

雨弓一口气说完,我越听越惊。

两年半来,我始终认为我和雨弓虽然只能躲藏,不被祝福,但所有的压力、苦痛、障碍,都不能阻挠我们想要在一起的决心。

而雨弓的决心,我更是深信不疑。

然而雨弓面对的却是挥之不去的恐惧和罪恶感,这些并不是有决心就能克服。

当恐惧和罪恶感不断一点一滴啃蚀她的决心,经年累月后,她的决心还能坚定吗?

"你可以教我说了谎之后,不会难受的方法吗?"她问。
我答不出来。
"或是你可以教我做了贼之后,不会心虚的方法?"她又问。
我还是答不出来。

我突然发现除了原有的罪恶感,我又多了另一种更深的罪恶感。
这种罪恶感是因为雨弓承受的罪恶感而导致我的罪恶感。

"Redsun,我们可不可以十年都完全不联络?"她说。
"十年?"我吓了一跳。
"嗯。"她说,"十年后女儿就成人了,我就可以跟你在一起了。"

"但为什么要十年都不联络?"

"这样我就不需要常常说谎,也不会做贼心虚。"她说,"我们各自平静生活十年,等十年后我们就可以在一起了。"

我无法答话,隐约觉得这想法应该是太天真了。

"请你相信我,我一定可以把我们之间的感情好好保存十年,我绝对做得到。"她的语气很恳切也很坚定,"就像先把感情冷冻十年后再解冻,感情是不会变的。"

"你意思是说,就像电影上那种可以冷冻人的机器,等未来某个时间一到,解冻后人还是好好活着。你要把我们之间的感情放入类似的爱情冷冻机器,等十年后解冻,爱情依然如十年前那样?"

"对对对。"她很兴奋,"就是这个意思。"

我看着雨弓,觉得她果然天真。

先不要说根本没有爱情冷冻机器,所以原以为是把爱情冷冻十年,其实是埋在地下十年。十年一到,挖出来的爱情早已腐烂。

即使世上真的有爱情冷冻机器,十年一到,爱情依旧新鲜。

但原本的两人,各自经历了十年时间,人却是会改变的。

"有一个更简单的方法。"我说,"我们一起坐时光机到十年后,这样马上就在一起了,根本不必等十年。"

"哪有时光机这种东西。"她说。

"既然没有时光机,难道就有冷冻爱情的机器?"我说。

她愣住了。

"为什么你不相信即使我们完全不联络,我依然会好好把你放在心中十年,十年后还是一样爱你?"沉默一会儿后,她说。

"我不是不相信你,我只是更相信时间。"我叹了一口气。

雨弓脸色一沉,不再说话。

而她左手腕上的雨弓手链,似乎也失去光芒,变得黯淡无光。

菜应该都上完了,而我们十二个人还是聊个不停。

我很努力控制我的视野内不包括雨弓,但在大家彼此间互相聊开的情况下,变得很困难,也会很奇怪。

雨弓左手腕上的紫玉髓手镯总会出现在我视野的左下角。

虽然明亮,却很刺眼。

将近三十年前,她费了九牛二虎之力才戴进这个紫玉髓手镯;五年前左右,她费了"十八牛四虎"之力才拔下,改戴雨弓手链;现在她解开雨弓手链,重新戴回紫玉髓手镯。是不是费了"廿七牛六虎"之力?

桌上有道丰盛的海鲜锅,大家都很赞赏汤头香甜。

但火好像没了,叫了服务生来换了罐瓦斯,顺便加些汤。

火没了可以加瓦斯,而爱情之火没了,要加什么?

如果以雨弓送我《传奇》那首歌的时刻当作我们相爱的起点,那么走到终点,大约是五年八个月。

这五年八个月当中，前面两年是熊熊烈火，第三年转为小火，第四年是隐约可见火光的余烬，而最后一年八个月只剩勉强有些热度的灰而已。

我一直很努力想让火苗变大，或只是维持住火苗。
但我根本没有瓦斯或木炭之类的燃料，只能眼睁睁看着火苗变小，变弱，若隐若现，消失，然后变成余烬。
最后变成灰，四散在空中。

在雨弓跟我说可不可以十年完全不联络之后，我明显感受到她的变化。
我一直很想跟她解释，我并不是不相信她的决绝，事实上我相信；但如果她只当龚羽婷十年，十年后她转得回雨弓这一面吗？
或者说十年后她终于转面，但这面还是雨弓吗？
然而雨弓从此不再碰触这个话题，即使我说了，她也没有回应。

可能时间点凑巧，那个最长八天不见的纪录也在一个月后打破。
"你知道我们几天没见了吗？"我问。
"不知道。"她想了一下。
"十七天。"我说，"所以纪录破了。"
"没办法。"她说，"破了就破了。"
她的反应让我很惊讶。
最长八天不见的纪录已经维持两年多，这期间她很执着维持纪录。
如今这纪录被轻易打破，而且直接推进到十七天。

她的反应竟如此淡然？

没想到纪录刚破，新的纪录也没维持多久，而且一破再破。

最长十七天不见的纪录，推进到二十三天，再推进到三十六天……

当距离我和雨弓相爱的起点刚满三年时，纪录变为五十一天。

如果是运动选手，一定会被怀疑是吃了禁药。

雨弓当然没吃禁药，但这种迅速破纪录的情况让我无所适从。

"是不是发生了什么事？"我问。

"没什么。"她回答，"只是在公司当然要认真工作，太常溜去顶楼阳台不好。"

这话说得合情合理，我无法反驳。

所幸我和雨弓用 Line 通信息的频率没什么改变，她依然利用安全的空当传 Line 给我，我们也还是无所不聊。

偶尔她用 Line 来电跟我通话的情况也没变。

在 Line 的世界里，并未察觉如现实生活中那样的改变。

那个专属于我们的新历七月七日情人节，在这一年是第三次碰到。

"情人节快乐。"雨弓传。

"情人节快乐。"我回。

没有顶楼阳台上的彼此凝视，没有巧克力包装纸，我和雨弓只在 Line 的世界中互道一声：情人节快乐。

我知道雨弓所面临的压力,也知道她总是被恐惧和罪恶感折磨。
这些都不是我所能缓解的,反而正是因为我,她才必须承受这些。
而我也因为她承受的恐惧和罪恶感而导致罪恶感加深。
我只能静静陪伴她,并期待我和她都能撑过。

真正的剧变,是从距相爱的起点第四年开始。
纪录推进到六十天,然后推进到八十天,再推进到一百天,最后变为一百二十天。
数字刚好为十的倍数是因为我已经懒得细算,差几天根本没差。
以前只要差一天便很巨大,现在却是直接省略好几天也无所谓。

这一年内我和雨弓只在顶楼阳台碰面四次。
雨弓应该也是到顶楼阳台四次,但我却是至少四十次。
因为我常独自到顶楼阳台。
"如果你很想念、很想念我时,你会怎么办?"以前雨弓曾问我。
"我会找一个离你最近的地方,然后开始想念你。"这是我的回答。
顶楼阳台上雨弓所坐的位置,就是我认为离她最近的地方。
我会独自坐在与她相同的位置,晒晒太阳,静静想念她。

"为什么你已经很少约我到顶楼阳台了?"我传。
"顶楼阳台的铁门附近有个监视器,如果常拍到我们几乎同时进出,可能会有危险。"
这话依然说得合情合理,我无法反驳。

虽然和雨弓一起到顶楼阳台四次，但没有一次喝咖啡。

"有次到顶楼阳台途中，同事问我为什么两手各拿一个保温瓶，我一时回答不出。"她传，"我怕人家察觉异样，就不带咖啡了。"

"你可以只带一个保温瓶，然后我带两个纸杯。"我回。

"再说吧。"

这种字眼和语气，应该是一种委婉的否定。

从此以后，我和雨弓没一起喝过半滴咖啡。

我和雨弓在顶楼阳台空旷的露天咖啡厅边喝咖啡边聊天的情景，已经成为往事。

这一年是第四次碰到专属于我和雨弓的新历七月七日情人节。

但没有顶楼阳台的交换礼物、互相凝望；也没有在 Line 的世界中互道情人节快乐。

我知道这个专属于我和雨弓的情人节，已经委婉地取消。

喝咖啡也好，专属的情人节也好，都很有我和雨弓之间的爱情风格。

这风格就是某些东西总会无声无息消逝。

除了顶楼阳台，其他的碰面机会呢？

雨弓说如果她出差时我便一整天不在公司，这样会很奇怪。

久了可能会让人怀疑。

所以我们失去了开车过程中的独处时间，也不用再扮演董事长和助理，更没有一起做善事的机会了。

我和雨弓大概只能在 Line 的世界中相聚。

但她传信息时，十句中有五句跟工作有关，三句跟她女儿有关，剩下两句才跟 Redsun 有关。

也就是说，十句中有八句是龚羽婷在传，雨弓只传两句。

她甚至还要我换掉我的 Line 头像。

"为什么？"我传。

"昨天女儿问我：那个日本国旗的人是谁？原本听不懂，后来才想到是你。"雨弓传，"她把 Redsun 头像看成日本国旗了。"

我的头像是天空中红红的夕阳，那是因为我是 Redsun。

正如雨弓的头像是天空中的雨弓一样。

"所以呢？"我传。

"女儿读小学三年级了，她常和我一起看手机。如果她对你印象太深刻，总是不太好。所以你把头像换掉吧。"

"好。"我没犹豫，也没反驳。

我立刻拿掉 Redsun 头像，直接改用内定的无脸人头像。

隔天雨弓也把雨弓头像换成她抱着女儿的相片。

这几年来，Redsun 头像和雨弓头像一直在 Line 的世界中交谈，如今却变成无脸人和一对母女在交谈。

至于 Line 的来电通话，这一年内大幅减少，印象中也只有四次。

以前她偶尔会利用开车时，把手机插上耳机，边开车边跟我聊。

"车子有装行车记录器，我们说话会被录音，这样不好。"她传。

"那都没什么其他空当时间？"我回。

"你是一个人，很自由，但我不是。所以你不知道我的状况。"

我确实不知道她的状况，这我没话讲，也不该反驳。

我只知道，从此我的世界渐渐失去雨弓的声音。

我有一种错觉。

我和雨弓原本站在岸边，决定要一起穿越泥潭走向彼岸。

还没走到一半，泥潭却越来越深，也更加举步维艰。

转头一看，雨弓却正往后走，似乎想回到出发时的岸边。

距离相爱的起点第五年时，这种错觉越来越强烈。

我陷进泥潭，越陷越深，越来越难举步向前；但回头看时，雨弓已站在出发时的岸边。

从第五年开始到相爱的终点是一年八个月，这期间我和雨弓只在顶楼阳台碰面两次。

第二次碰面时，最长时间不见的纪录推进到 150 天。

当纪录推进到 150 天之后，雨弓就不再约我到顶楼阳台了。

"你是不是不想再见面了？"我传。

"奇怪。"她回，"你怎么会这样想？"

"我像是被关在监狱里的囚犯，刚开始时你每天来探监。接下来变成每星期，再来是每个月，最后是每半年。于是我问你：以后是不是不会来探监了？这样问会很奇怪吗？我如果不问才奇怪吧。"

我终于忍不住，提出反驳。

"如果不能确定百分之百安全，我就不会和你见面。"她传。
"见面是目的，还是百分之百安全是目的？"我回。
"有差别吗？"
"差别很大。假设我是小偷，偷东西是我的目的，而我当然会很小心不要被抓到。如果我是以百分之百安全不被抓到为目的，那我干吗偷东西？只有不当小偷、不去偷东西，才是唯一保证百分之百安全不被抓到。"

"不管你怎么说，没有百分之百安全，就不要见面。"她传。
"你这样说，最后只会导向一个结论：不见面。"我回，"如果什么都不管，只要百分之百安全就好，那唯一解就是不见面。因为只有不见面，才能确保百分之百安全。"
"求你不要逼我。好吗？"
我叹了口气，我知道这个话题已经结束，而结论也很清楚了。

我被雨弓用的"逼"字伤到，感觉好像我只想见面却不管她死活。
更伤的是，在她承受恐惧与罪恶感时，我不仅不能帮她缓解，甚至额外给她压力。
我发觉雨弓的恐惧与罪恶感几乎已到极限。
眼看她因为我的存在而被逼到极限，我的罪恶感也好像快到极限。

从此我便决定，以后不管她说什么、要怎么做，我都不再反驳，只会说：好、可以、OK。

雨弓 Line 我的频率也终于变少了，但并没有固定的频率。
有时一两天，有时三四天，有时一个礼拜，没有规律。
最大的改变，是她会在交谈过程中"收回"信息。
过去每当我们 Line 完后，她会立刻删除聊天记录，这我知道；但现在却是在 Line 交谈中，随时收回信息。
我常常在交谈过程中看见手机屏幕出现："雨弓已收回信息。"

现在是怎样？
把我当电影《不可能的任务》里的汤姆・克鲁斯吗？
只要信息一读完，几秒内就要自动销毁吗？

至于 Line 的来电通话，这一年八个月内只有两次。
这次数跟在顶楼阳台碰面的次数一样。
但我独自到顶楼阳台的次数却暴增，应该超过一百次。
除了总是坐在雨弓所坐的位置上想念她，我也会看着地板上我们两人的手掌图案，和那段文字：
"不管乌云有多厚，阳光总能突破困境，洒在海面上。"

经过几年的风吹日晒雨淋，白色线条渐渐和深灰色地板融为一体。
很多笔画不再清晰，手掌图案也模糊了。
尤其是两根拇指线条原本接触的地方，看起来像是分开了。
"以后只要觉得怀疑、沮丧、不安、气馁、难过、痛苦、撑不下去，我们就来这里看看这段话。好吗？"

只有雨弓当时所说的话，回荡在脑海里。

"一般人谈恋爱，可能被种种因素破坏，比如第三者介入。但我和你之间的爱情不会有第三者破坏，因为我就是第三者。所以我们之间比别人幸运，就是不用担心会有第三者介入的问题。"我说。

而雨弓听到后，应该会对我说：

"你总是能把沉重的事情说得很有趣，所以我很喜欢跟你聊天。"

于是我养成在顶楼阳台自言自语的习惯。

在旁人的眼里，我正在自言自语；但其实我只是跟脑海中的雨弓在对话而已。

因为找不到雨弓可以说话，所以我只能跟脑海中的雨弓说话。

现实生活中找不到雨弓可以说话，在 Line 的世界中也差不多如此。

雨弓在 Line 里聊工作、聊女儿、聊龚羽婷的日常，但几乎完全不聊雨弓。

我也只能跟着她的话题，因为她依然是逗哏，而我只是捧哏。

当她不聊雨弓，我就不能是 Redsun。

有天我终于受不了"雨弓已收回信息"不断出现，决定把她 Line 的名字改回原来的"羽婷不想雨停"。

没想到她的名字已不是"羽婷不想雨停"，而是"龚羽婷（芊芊妈）"。

看着这名字和名副其实她抱着女儿的头像，我突然觉得雨弓好像已消失在 Line 的世界里。

雨弓如果不见了，Redsun 也失去存在的意义。

我的时间一直往前走，雨弓的时间却像是倒流。

对我而言，雨弓越来越像当初刚开始合作跨部门计划时的龚羽婷。

而我和雨弓的关系，好像也渐渐倒退到相爱之前。

那时世上没有雨弓，而雨弓只叫龚羽婷。

骑脚踏车时，只有双脚不断踩踏前进，才能维持平衡。

一旦脚踏车完全停止前进，便会失去平衡而摔落。

我和雨弓的爱情就像骑脚踏车一样，必须前进才不会摔落。

即使速度非常慢，但只要抓紧把手，依然可以在摇摇晃晃的情况下，勉强维持平衡而前进。

然而我和雨弓的爱情几乎已经停止，我快要失去平衡了。

有天我离开我这栋楼，要走去雨弓那栋楼的途中，经过一个实验室。

这实验室里有一台疲劳试验机，而且似乎正在做疲劳试验，要测试材料的疲劳抵抗能力。

我突然领悟：我和雨弓的爱情禁得起疲劳试验吗？

如果一座桥梁设计成可以承受一百吨重的车子通过，那么五十吨重的车子通过当然没问题。

可是如果五十吨重的车子每天二十四小时不断通过，经过数千万次呢？

那么很可能在某一次通过的途中，会让这座桥梁突然断裂。

我和雨弓的爱情也许够坚定，足以抵挡巨大的冲击或破坏力。

但她每天承受恐惧和罪恶感，每天每天，在经年累月的疲劳作用下，爱情这座桥会不会在某天突然断裂？

回想开始破纪录后的种种，我不禁胆战心惊。

在雨弓心中，那座名为雨弓& Redsun 的爱情之桥，或许已经断裂。

或许虽然还没断裂，但总有一天一定会断裂。

而我现在所感受到的，会不会只是那座爱情之桥的残骸？

越想越心惊，而且又联想到其他疑似断桥后的迹象。

比方雨弓的生理期，当初虽然很尴尬也觉得这是她的隐私，但这几年来，我每个月一定事先提醒她下次来潮的可能日子。

我至少提醒五十次以上，从没遗漏半次。

虽然我一直很尴尬，但也因为共享她的隐私，让我有一种错觉：她是我的女人而我是她的男人，这种归属感与拥有感。

然而她已经四个月没告诉我来潮的日子，我也因此没办法事先提醒她下次可能的日子。

难道是因为爱情之桥已断，她不想再告诉我这种只属于她的隐私？

而这四个月以来，雨弓 Line 我的频率也大幅变少。

如果 Line 的频率也有纪录的话，这五年多来最长没 Line 的纪录是七天。

而上次雨弓 Line 我时，已是二十天前的事了。

当我惊慌而不知所措时，又从同事口中听到雨弓出游的事。

上个月雨弓和她先生一起去日本玩，据说是为了庆祝结婚十五周年。

以往雨弓一家三口出游时，虽然她知道我应该会难受，她还是会跟我说，不曾隐瞒。

而我听到时确实会难受，可是我没有任何立场表达意见或心情。

但这次她却完全没告诉我，而且事情已经过去一个多月了。

也许这次的状况不同，不是一家三口而是只有夫妻俩。

她怕我会有很大的负面情绪或激烈的反应，所以不说。

或者她觉得这是龚羽婷的生活，跟雨弓无关，所以不说。

她不说的理由可以有千千万万，却找不到她应该跟我说的理由，一个都找不到。

我仿佛听到桥梁断裂时的轰隆巨响。

几天后有一则国际新闻，巴黎圣母院发生大火，几乎被烧毁。

想起那段短短五秒的影片，雨弓在圣母院里祈求让我们在一起。

"蔡扬宏，我爱你。"她低声说。

脑海里莫名其妙浮现熊熊烈火吞噬掉誓言和低语的画面。

而另一段雨弓在埃菲尔铁塔下高举右手大喊"蔡扬宏，我爱你！"

的十五秒影片,我竟然有看见火光熠熠的错觉。

恍惚间,我感觉脚踏车已完全停止,然后我重重摔落地面。
勉强爬起身,拖着疼痛的身体和四肢,缓缓走到顶楼阳台。
看着地板上 Redsun 和雨弓两人残缺的手掌和那段模糊的文字,越看越觉得这只是爱情之桥断裂后的残骸。

"不管乌云有多厚,阳光总能突破困境,洒在海面上。"
雨弓已经回到正常生活,成为原来的龚羽婷;Redsun 的心却还遗留在澎湖的白色沙滩上。
我应该给她祝福,而最大的祝福,不是任何言语,而是远离。

我用脚将这些图案和文字抹去,地板上出现一大块白色痕迹。
幸好痕迹是白色,如果是黑色,一定会以为是燃烧过的痕迹。
如果这世上没有雨弓,那也就不再需要 Redsun。
所以我在那块白色痕迹旁刻下:"Redsun 终于要离开了。"
从此我不再去顶楼阳台。

一个礼拜后,雨弓 Line 我。
距离上次的 Line 刚好一个月,但我已经不管纪录了。
她今天大概是抱怨忙忙忙、烦烦烦之类,她其实好一阵子都这样。
"我好怀念跟你去澎湖那两天。"她突然传,"以后我们在一起了,再去澎湖好吗?"

看到"以后"这两个字,顿时感慨万千。

这几年她常用"以后"这两个字，我知道她只是想安抚我。

但现在我卡在泥潭中间，而你却站在出发的岸边，然后你指着彼岸告诉我，以后我们在彼岸一定会很快乐。

要到美好的未来前，一定要经历每一个艰难的现在。

雨弓，这道理你应该明白啊。

"如果有以后，那就再去。"叹了一口气后，我回。

雨弓停顿了许久，最后传了句："晚安。"

我隐隐觉得，雨弓似乎明白了我没说出口的话。

雨弓应该陷入长时间的思考，也可能在酝酿某种决定。

停了三个月后，她才又 Line 我，这又是新的纪录。

但纪录已经没意义了，因为这算是一封用 Line 信息传递的分手信。

信息只有一段，但这段文字却非常长，手机要滑好几页。

整段文字的重点，是说她的状况不允许她跟我相爱，一旦事情爆发，我们两人都会伤得很重，所以我们不应该再继续，不要一直当罪人。

虽然我们之间的感情很坚定，而我也是这辈子最懂她的人。

但亲爱的 Redsun，请让我们将这段感情深藏心中。

分手不是结束，我们还是好同事、好朋友。

以后遇到工作上的郁闷和苦水，可以找我倾诉吗？

大意是这样，细节我没办法更清楚。

因为这段信息很快变成"龚羽婷（芊芊妈）已收回信息"。

因为早已决定，不管她说什么、要怎么做，我都不再反驳。
所以我只传："可以。"
即使她问的是：我们一起到 101 大楼楼顶跳下去好吗？
我也会传："好。"
但我想反驳吗？想，我很想。

相爱的第一天就知道我们是不被祝福的，也不奢求被祝福。
但我们却早已决定不管怎样，将来都要在一起。
既然选择了远方，便只顾风雨兼程。
远方太远，路上又都是风雨，我们只能夜以继日，冒着风雨赶路。
但亲爱的雨弓，你现在却问我为什么要去远方？
还有问我为什么非得要在风雨之中赶路？

然而这些反驳，都只是我和心中的雨弓在对话而已。
在我心里，雨弓从未消失，她只是被龚羽婷藏起来而已。
而我一直苦苦等着雨弓出现。

虽然雨弓说希望以后还能找我倾诉，但我心里明白，她不会了。
她只想展现成熟，也希望平和结束而不是决裂。
但成熟只是另一种伤人的体贴。
套用雨弓很喜欢用的"这辈子"这个字眼，她其实是想说：
"我这辈子不会再 Line 你了。"

从雨弓送我《传奇》开始，到最后这封 Line 的分手信，时间大约是五年八个月。

这段时间内，我和雨弓的罪恶感一直都在，不曾离开。

甚至罪恶感会层层叠加，她因为我的罪恶感而觉得更罪恶，我也因为她的更罪恶，而更更罪恶。

罪恶感像低温，当我们的爱情如熊熊烈火时，不觉得冷；小火时，偶尔觉得冷。

从第四年开始，火几乎没了，于是无时无刻不被寒冷笼罩。

而我和雨弓苦苦累积的情感，不管有多深，有多少，有多丰富，全都像是玻璃做的。我们只能一直小心翼翼捧着。

一旦被恐惧和罪恶感侵袭，双手因惊慌而颤抖，便很容易不小心摔在地上，全碎了。

我和雨弓之间为什么会结束？

到底发生了什么？或者做错了什么？

没发生什么，也没做错什么，其实我们反而是做对了。

我们跟正常的情侣不一样，我们得一直做错事，才能继续在一起。

一旦我们不再做错，甚至开始做对的事，就会分开。

我又想起雨弓在顶楼阳台跟我说的那个故事。

我和雨弓都认为自己像捡手帕的男人，但其实我们从未走进狮子笼。

只是在狮子笼外，面对狮子而已。

我和雨弓比较像是丢手帕的女人，都希望对方证明自己的爱。

我希望她能克服所有恐惧和罪恶感，就像走进狮子笼面对狮子那样，来证明她真的爱我。

而雨弓则期待我能静静等她十年，来证明我真的爱她。

但雨弓在狮子发出吼声时退却了，不敢走进狮子笼，选择深藏十年；Redsun 则因为不能确定十年后雨弓还存在，所以不愿走进狮子笼。

如果雨弓或 Redsun 其中有一人能像走进狮子笼捡手帕的男人一样，或许雨弓和 Redsun 就会在一起吧。

或许吧。

这个一年一度的聚餐差不多要结束了,但我的演技考验还没结束。

餐后还要去 KTV 续摊。

餐后可以续摊,那么死灰可以复燃吗?
我想应该不可能。
我和雨弓都在浇水,然后清理火场,试着湮灭曾经燃烧过的痕迹。

从雨弓用 Line 传了分手信到今晚的尾牙宴,差不多半年。
这半年内也确实如我所料,她从此不再 Line 我。
我们完全断绝联络半年。

所以今晚要来聚餐前,我心情很忐忑,也很紧张,更觉得尴尬。
我甚至想过找个理由搪塞,说今晚临时有事不能来了。
但我找不到任何借口。

好不容易结束上半场聚餐,再忍一下,下半场比较轻松。

我们十二个人离开餐厅，因为都喝了点酒，所以要坐计程车。叫了三辆计程车，我和雨弓照惯例坐不同车。

进了 KTV 包厢，随便找个偏僻的角落坐着，拿出手机滑几下。
现在的新歌我不会唱，即使年轻人所谓的老歌对我而言也是太新。
我会唱的歌，至少都要二十年前以上吧。
所以滑滑手机，听听别人悲惨的歌声，偶尔跟人聊聊天，应该可以在不需要面对雨弓的情况下，轻松度过下半场。

可惜歌曲多数是情歌，情歌中又多数跟情伤有关，以前认为是无病呻吟，现在却有些感触。
幸好雨弓不点歌，当她拿麦克风时通常是陪唱。
但只要她开口唱歌，我都在想这是不是要唱给我听？
即使应该没关联，但光听她唱歌就足以让我心跳加速了。
原来这种场合并不如我想象中好混，我有点坐立难安。

"羽婷。"小白说，"你点的歌来了。"
我吃了一惊，偷瞄一下电视画面，是莫文蔚的《盛夏的果实》。
"也许放弃，才能靠近你。不再见你，你才会把我记起……"
雨弓拿起麦克风唱开头这一段，我心跳瞬间破表。
这是唱给我听的吗？

　　你曾说过　会永远爱我　也许承诺　不过因为没把握
　　别用沉默　再去掩饰什么　当结果是那么赤裸裸

> 以为你会说什么　才会离开我　你只是转过头不看我

我脸红了，不是因为快速的心跳，而是觉得很惭愧。
因为我想起在澎湖的无名沙滩，我朝海面大喊：
"龚羽婷，我永远永远爱你……"
她是在讽刺我吗？

没错，我是说过我永远爱你，而我一直没忘。
而所谓我离开你，是我要离开你，还是你已先离开我？
也许是恼羞成怒，我涌上一股怒火，想点首歌还击。
想了一下后，我立刻起身点歌，还用了插播。

"刘若英的《为爱痴狂》。"阿瑛问，"谁点的？"
我拿起麦克风，站起身看着电视荧幕。
"你点的？"阿瑛很惊讶，"这种歌你会唱？"
不行吗？被远东航空放鸽子的阿瑛。

> 如果爱情这样忧伤　为何不让我分享
> 日夜都问你也不回答　怎么你会变这样
> 想要问问你敢不敢　像你说过那样的爱我……

"蔡扬宏，我爱你爱到破表……"无名沙滩上的你这样说。
在鲸鱼洞里，你说："我早已决定，要跟着你，不管你要不要我。"
你还说："遇见你之后，我就只有一个选择。我的选择就是你。"
经过跨海大桥时，你更是仰头朝星空大喊：

"无论如何,不管怎样,将来都要在一起……"

雨弓,你曾经为爱痴狂过,怎么你会变这样?你都忘了吗?

虽然歌声不好听,但我还是完整唱完,我相信雨弓听得懂。

但她听懂了又如何?

早已决定不再反驳,连分手信都没反驳,怎么会在KTV里破功呢?

我低下头,觉得很懊恼。

> 就让雨把我的头发淋湿　就让风将我的泪吹干

我抬起头看着电视荧幕,果然小白正在唱黄莺莺的《只有分离》。这是去澎湖时雨弓坐在摩托车后座迎着超狂东北季风所唱的歌。思绪仿佛受到强风吹袭,吹到当年顶着狂风前进的摩托车上。那时我们彼此紧密贴近,以为这样便可以克服所有狂风巨浪。

> 爱你依然没变　只是无法改变　彼此的考验
> 只有只有分离　让时间去忘记　那一份缠绵

脑海里雨弓的歌声,还在风中飘飘荡荡。

我似乎也感觉到她正环抱着我整个腰的双手,左手下意识想轻抓住她的双手,却只能抓到空气。

没想到她当时所唱的歌,竟然预告了我们的结局。

我不再懊恼,只觉得感伤。

"羽婷你先替阿瑛唱《广岛之恋》,她在洗手间。"小白说,"这是男女对唱的歌,男生谁要唱?"

瞥见雨弓拿起麦克风,我突然有股冲动,也抓起麦克风。

五年八个月以来,我从没跟雨弓一起合唱一首歌。

现在可能是唯一的机会。

　　越过道德的边境　我们走过爱的禁区
　　享受幸福的错觉　误解了快乐的意义

这首歌当红时,我正在当兵,那已经是二十几年前的事了。

初闻不知曲中意,再闻已是曲中人。

我才唱了几句,便已深陷在我和雨弓的故事之中。

　　爱恨消失前　用手温暖我的脸　为我证明我曾真心爱过你
　　爱过你　爱过你　爱过你　爱过你　爱过你　爱过你……

我和雨弓一人唱一句爱过你,唱到最后我们竟然互相凝望。

虽然只有三秒钟左右,却足以勾起我内心深处最澎湃的情感。

因为在我心中最美的,就是雨弓凝视我的目光。

现场响起一阵掌声,甚至还有欢呼声。

我大梦初醒,完蛋了,忘了该演戏。

我应该要低调,不可以让别人对我和雨弓有太多猜想。

刚刚跟雨弓彼此凝视三秒,他们会起疑心吗?

因为贪着你的爱　网着你的梦
才会疼惜着你的悲伤　跟着你的笑容

雨弓竟然点了蔡幸娟的《你惦我心内尚深的所在》这首闽南语歌。

这一定是她要唱给我听的歌，就像她当初要我听《传奇》一样。

雨弓的歌声轻轻淡淡，有点哀怨，我完全被吸引住。

已经习惯有　你的一切　若失去你呒知日子按怎过
你惦我心内　尚深的所在　控制着阮的欢喜甲悲哀
你惦我心内　尚深的所在　一生一世关系着阮的未来

当雨弓唱"你惦我心内尚深的所在"这句时，我不自觉转头看着她。

而她的视线竟然不是直接对着电视荧幕，而是略偏向右，正对着我的视线。

我们在她的歌声中互相凝视。

在我心中最美的，就是雨弓凝视我的目光。

雨弓凝视我时，她的目光像是被冻结，而我的时空也仿佛被冻结。

那瞬间，她的世界只有我，而且是如此深爱着。

导演快喊"卡"吧，我演不下去了，完全忘了该怎么演。

但我突然惊觉，我为什么要演？

以前是因为我和雨弓在一起，所以必须演，才不会让人怀疑。

可是我和雨弓已经分开了啊，既然分开了，就没有演戏的必要了。

可是我潜意识里还想演，而且我今晚一直在演。
因为只有继续演，我才会有还跟雨弓在一起的错觉。
原来在我内心深处，根本不接受已经分开的事实，始终坚持认为我和雨弓还在一起。
想通了这点，瞬间感到很深沉的悲哀。

我的视线开始模糊，眼角有液体正蠢蠢欲动。
雨弓，不要再唱了，也不要再凝视我了，我完全克制不住。
对不起，那种名叫眼泪的东西终于滑落，我无能为力。
雨弓，你看到了吗？你也在我心里最深的地方。

亲爱的雨弓，自从与你相爱以来，无论如何痛苦，不管怎样难过，我从不掉下一滴眼泪。
因为明白自己的罪人角色，所以连悲伤的权利也没。
可是雨弓，我们现在都已经不是罪人了，那么我可以哭了吗？
雨弓，我可以哭吗？

昏暗的包厢内，我就静静让眼泪在脸颊上流窜。
其他人有没有发现是他家的事，反正我和雨弓已经分开了，就不怕别人发现什么。
我现在不是罪人了，我只想拥有可以流泪的权利。

这首歌唱完后，我和雨弓就不再碰麦克风。

对比其他人在包厢内的欢乐喧哗，我和雨弓好像只是人形雕像。
终于结束 KTV 的续摊，我们十二个人又要分配计程车。
我不演了，这次终于和雨弓同一辆计程车，因为我和她是顺路。

我坐副驾驶座，雨弓和其他两人坐在后座。
在车上该聊什么就聊什么，我也不刻意保持沉默。
但其他两人陆续下车后，我反而沉默了，雨弓也沉默。
雨弓到家了，她打开车门的瞬间，我转头说了声："再见。"
这句也算一语双关，因为我们分手时，根本没机会当面告别。

车窗传来叩叩两声，我向右转头，发现雨弓竟然站在车边弯着身。
还来不及惊讶，她又用手轻敲车窗两下，我赶紧摇下车窗。
"星期一下午四点，我们老地方见。"她笑了笑，然后转身离开。
雨弓的笑容，只离我二十厘米，即使在以前，我们也很少这么贴近。
过去三年来，每年看见她不到五次，我几乎忘了她的笑容，忘了这个也许是让我爱上她的罪魁祸首。

"先生。接下来到哪儿？"司机问。
但他问了第三次，我才回过神告诉他地址。

回顾了我和雨弓这一段原以为会淡忘却依然清晰而深刻的记忆，感觉像过了一辈子那么长、那么久。
我很想学雨弓说出：这是我这辈子最累的时候。
今晚太累了，尽管雨弓下车后所说的话在我心里掀起很大的波澜，也带来满满的问号，我也不去想了。

今晚是礼拜六，再睡两晚就是星期一，到时就知道了。

星期一下午，依照以前的习惯，我在四点零一分推开顶楼阳台铁门。

走了几十米，在弓的中点看见雨弓。

她穿着黑色毛衣，坐在老位置上，仰头朝着太阳。

她的光谱依然是暗色调，却闪耀着金属冷光。

感觉像是我初识时的龚羽婷，全身散发出不明气场，无法近身。

我走到她身边一米便无法再靠近，也不知道该站还是该坐。

"坐吧。"她说。

本来想跟以前一样面朝东方坐下，但随即想起已经没必要了。

我也面朝西方坐下，离她一米。

我发现她带了个保温瓶放在地上，保温瓶上头还盖着两个纸杯。

"我们多久没在这里碰面了？"她问。

"一年又四个多月。"我说。

"正确的纪录呢？"她说，"我相信你知道。"

"502天。"

"竟然这么久了。"她轻轻叹了一口长长的气，"真对不起。"

"董事长您千万别这么说。"

"北七。"她突然笑了出来。

只要她一笑，那个我所熟悉的雨弓就回来了。

我站起身，往她靠近，在距离她二十厘米处坐下。

这种距离最适合，身体不接触却又够近。

"你还记得我们第一次在这里时，我说的那个故事吗？"雨弓问。

"嗯。"我点点头，"我一直记得。"

"我曾想走进狮子笼面对狮子，但怕万一被狮子咬了，我就不能跟你在一起了。"她说，"年轻时，想证明自己可以冒着生命危险去爱一个人。但年纪大了以后，却不想证明什么，只想在一起。"

"我们之间也才几年的时间而已。"

"谈一场恋爱，就像经历一次轮回。"她说，"所以已经够久了。"

"但你看起来像三十岁，还很年轻。"我说。

"谢谢。"雨弓说，"可是我更年期快到了。"

"什么？"我很惊讶。

"去年年初我月经一直没来，医生说应该是更年期快到了。"

"太早了吧。"

"医生也说早了好几年，他问我是不是压力很大？"

"对不起。"我说。

"北七。"她说，"是我该说对不起，害你不能当'月经预测大师'。"

"这……"我又因尴尬而脸红。

"其实比起更年期，我心脏的状况更糟。"

"你的心脏怎么了？"

"我的心脏已经很老很老了。"她笑了，"但我这颗很老很老的心，只想和 Redsun 在一起。"

内心有些激动，我只能勉强忍住。

雨弓走到地板上那块白色痕迹旁，我也跟着她走去。
赫然发现"Redsun 终于要离开了"这句话的旁边，她也刻下：而雨弓也就不见了。

"用 Line 传分手信给你的前一天，我独自来这里，看到这句：Redsun 终于要离开了……"雨弓说，"我哭了好久，眼泪拼命掉，那是我这辈子最伤心的时刻。"
"对不起。"我说。
"你不要说对不起，是我该说谢谢你。"她说，"你给了我很完整的一场恋爱，连眼泪都有了。"
"其实我只是不想让你成为罪人而已。"我说。
"我刻那句话时，也是想着不能让你成为罪人。"

我和雨弓都是罪人，我们也因此失去了祝福对方的权利。
因为最大的祝福，就是远离，让对方不再具有罪人的身份。
我突然领悟，虽然我和雨弓比较像往狮子笼里丢手帕的女人，但在决定离开的瞬间，我们都像走进狮子笼里捡手帕的男人。

"澎湖天后宫的妈祖说错了，我们并没有在一起。"雨弓说。
"不要乱说。"我说，"妈祖哪有说错？"
"你问它的第二个问题，应该是我将来是不是会和龚羽婷在一起？"她说，"结果它赐你圣筊，表示我们会在一起，但最后并没有呀。"
"我们是罪人，当然不能在一起，我怎么可能会问神明这种问题。"

"那你问的第二个问题是什么？"

"请问妈祖，我将来是不是会一直爱着龚羽婷？"我说。
"真的吗？"她很惊讶。
"嗯。"我点点头，"它赐我圣筊，表示它认为我会一直爱着你。"
"那它也许猜错了。"
"不要对神明不敬。"我说，"妈祖果然灵验，因为直到此时此刻，站在你面前这个长得很不好看的助理，还是一直爱着董事长。"
她凝视着我，眼睛里闪烁着泪光。

"我知道。"雨弓的脸颊终于滑下两行泪，"我一直这么相信着。"
"少逞强。"我笑了笑，"你明明就很怀疑。"
"北七。"她破涕为笑，"干吗点破。"

雨弓收起笑容，凝视着我。
"我、也、一、直、好、喜……"她一字一字说。
她用力念出每个字，但都是气音，念到后来似乎哽咽了，念不下去。
"我知道。"我眼眶有些湿润，"这种话说一次就够了。"

"现在太阳的颜色，跟我们第一次来这里时一样……"她指着太阳，"都是 Redsun。"
"嗯。"我说，"如果这时下场雨，雨后也许就可以看到雨弓。"
"不用等下雨。"她双手在空中画出一道道弧线，"看见了吗？"
"我看见了。"我说，"那是美丽的雨弓。"

她笑了起来，阳光洒满她的脸，笑容更明亮了。

"喝咖啡吧。"雨弓拿起保温瓶。
"好。"我说。
两个纸杯，一人一杯，我们又坐了下来准备喝咖啡。

"如果这场恋爱，像是一次轮回。"雨弓说，"那就把这杯咖啡当作一碗孟婆汤，喝完后我们就会完全忘掉雨弓和 Redsun 这个前世，然后重新投胎转世，变成原来的蔡扬宏和龚羽婷。好吗？"
"好。"我说。

我边喝咖啡，脑海里也迅速闪过很多雨弓的影像。
天后宫的虔诚、白色沙滩上的十指紧扣、跨海大桥时的仰头呐喊、寒冷鲸鱼洞里的拥抱、顶楼阳台上晒着太阳、躲进棉被里传 Line、双手在空中挥舞画出雨弓、"蔡扬宏，我爱你！"的嘹亮、听《传奇》时的震撼、唱《你惦我心内尚深的所在》时的凝视……

"以后就叫我羽婷吧。"喝完咖啡后，她说。
"羽婷。"我拿着喝完咖啡的纸杯伸向她，"再来一碗孟婆汤。"
"再来一碗？"
"只喝一碗孟婆汤，还不足以让我忘掉雨弓。"

羽婷满脸泪痕,拿着保温瓶又往我手中的纸杯倒满咖啡。而冬天的夕阳,依旧满脸通红,尽情洒在我们两人身上。

～ The End ～

后　记

写在《你的殇情，终成手边繁花》之后

《你的殇情，终成手边繁花》（原繁体版名为《贞晴》）这本书里面有两篇小说——《贞晴》和《雨弓》。

《贞晴》刚好四万字，两个月写完；

《雨弓》字数多一点，四万三千字，但一个月就写完。

依我个人的偏好，我喜欢写三四万字的小说，会很顺手。

如果是十万字以上，我会配速，调整呼吸，准备跑马拉松。

而三四万字的小说，我会一开始就打算冲刺。

但这种字数出书会很麻烦，不能单篇小说出一本书。

所以这是这两篇小说合成一本书的最大理由。

但《贞晴》和《雨弓》的写作手法和结构是类似的，甚至还有很多方面也很类似。

如果你看了这两篇，发现任何互相类似的点，请不吝告诉我。

我会好好表达谢意，那就是我要……

我要说声谢谢你，在我生命中的每一天。

《贞晴》的情感描述较理智，而《雨弓》的情感描述则较浓烈。

这可能跟作品完成的时间顺序有关。

在同一段写作期间内，刚开始写的文字比较温、写作速度比较慢，但文字会越写越热，速度会越来越快。

《贞晴》先写完，再写《雨弓》，比较两者所花的时间就知道了。

《贞晴》和《雨弓》的篇名同样都是采用故事中女生的名字。

贞晴音同真情但并非真情，或者说只是很像真情。

当太阳在西方时，雨弓会出现在东方，雨弓依赖阳光照射而存在，但两者注定分隔东西。

这是篇名的另一种含义。

两篇一开头，分别用心理实验和古老故事破题。

《贞晴》里的麦格克效应很有趣，你可以搜寻相关影片，会加深理解。

然后请你检视你的生命轨迹，可能有些人、有些事、有些感情，并非如你记忆中那样，只是大脑希望你的记忆是这样。

请你以后对别人多些包容与谅解，对自己则多些自省。

《雨弓》里的那个古老故事，我已经记不起来源。

感觉好像很年轻的时候就听过，搞不好只是梦过，我分不清了。

那个故事可以各有解读，而《雨弓》这故事就很简单了。

虽然从礼教、道德、法律的观点来说，那都是不被允许的，不过《雨弓》依然只是个简单的故事。

不管是麦格克效应或是那个古老故事，起码放在我心里十几年了。

我一直想用某个适当的故事包装，写成小说。
但直到现在年纪有点大了、心态有点稳了，我才完成。
很多东西需要多花点时间或多点生命经历，才能水到渠成。

这两篇文字的叙述口吻也类似，如果你是得道高僧，你可能会看到一个凡人用忏悔或自省的语气在诉说故事，而非哀怨或悲戚。
如果你是凡人，或许你会有很多不同的看法，那很正常。
我也是凡人之一，有机会的话我们可以聊一聊。

这两篇小说我自觉都写得不错，甚至可以说写得非常好而且深刻。
抱歉，我总不能因为谦虚而说谎吧。
无论文字的描述、情节的铺陈、情感的酝酿，等等，我都很用心。
因为你的注视，我始终不懈怠，尽最大努力做到最好。
不管时代的演变如何快速，我对文字的坚持是不变的。

如果你买了这本书并且看到这篇后记，那你一定是个好人。
而好人应该被祝福，也值得被祝福。
请容许我祝福你：

愿你所有的奋不顾身，都不会被辜负。
愿你的深情，能被温柔以待。

蔡智恒
2020 年 3 月于台南